中国历朝通俗演义
青少年白话文版 ⑪

民国演义

蔡东藩 许廑父 ◎ 著
王 统 张雅婷 ◎ 改编

民主与建设出版社
·北京·

© 民主与建设出版社，2024

图书在版编目（CIP）数据

民国演义 / 蔡东藩, 许廑父著；王统, 张雅婷改编. -- 北京：民主与建设出版社，2024.1
（中国历朝通俗演义：青少年白话文版；11）
ISBN 978-7-5139-4447-2

Ⅰ.①民… Ⅱ.①蔡… ②许… ③王… ④张… Ⅲ.①章回小说-中国-现代 Ⅳ.①I246.4

中国国家版本馆CIP数据核字（2024）第017707号

民国演义
MINGUO YANYI

著　者	蔡东藩　许廑父
改　编	王统　张雅婷
责任编辑	金弦　唐睿　宁莲佳
特约策划	任程民　向春婷　罗双
封面设计	海凝
出版发行	民主与建设出版社有限责任公司
电　话	（010）59417749　59419778
社　址	北京市朝阳区宏泰东街远洋万和南区伍号公馆4层
邮　编	100102
印　刷	三河市同力彩印有限公司
版　次	2024年1月第1版
印　次	2024年12月第1次印刷
开　本	880毫米×1230毫米　1/32
印　张	7.5
字　数	180千字
书　号	ISBN 978-7-5139-4447-2
定　价	699.00元（全11册）

注：如有印、装质量问题，请与出版社联系。

目录 Contents

1. 袁世凯进京 / 001
2. 孙中山出任临时大总统 / 005
3. 袁世凯的野心 / 010
4. 袁世凯窃取革命果实 / 015
5. 动荡的民国政府 / 020
6. 民国政府内忧外困 / 025
7. 宋教仁之死 / 029
8. 袁世凯干预选举 / 034
9. 屈辱的二十一条 / 039
10. 袁世凯复辟闹剧 / 043
11. 梁财神煽风点火 / 048
12. 梁启超笔战请愿团 / 053
13. 蔡锷博取袁世凯信任 / 057
14. 蔡锷远走日本 / 061
15. 袁世凯暗箱操作 / 065
16. 云南独立 / 068
17. 掀起反袁浪潮 / 072
18. 反帝制战争 / 076
19. 陆荣廷起义 / 080
20. 取消帝制 / 085
21. 龙济光假独立 / 090
22. 南京会议 / 094
23. 内阁重组 / 100
24. 民国政府的内部分歧 / 103

25. 张勋复辟 / 107

26. 复辟落幕 / 112

27. 冯国璋、段祺瑞争权 / 116

28. 南北对立 / 121

29. 徐世昌上任新总统 / 125

30. 巴黎和会外交 / 129

31. 五四运动 / 132

32. 反对辱国条约 / 136

33. 直皖大战 / 140

34. 徐树铮四处逃窜 / 146

35. 李纯之死 / 149

36. 狡猾的陈炯明 / 153

37. 吴佩孚坐收渔翁之利 / 158

38. 吴佩孚崛起 / 162

39. 直奉大战 / 165

40. 陈炯明叛变 / 170

41. 孙中山攻打惠州 / 174

42. 孙中山改组国民党 / 178

43. 曹锟抢夺总统印章 / 182

44. 高凌霨代理内阁 / 186

45. 吴佩孚收编乱匪 / 189

46. 吴佩孚安抚齐燮元 / 193

47. 王永泉错信孙传芳 / 197

48. 卢永祥下台 / 201

49. 孙中山宣布北伐 / 205

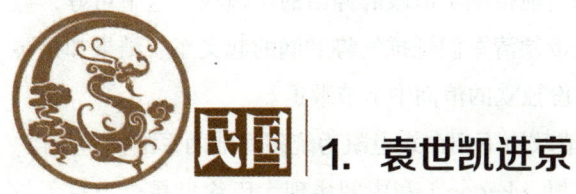

1. 袁世凯进京

时间来到二十世纪初,世界各国科技发展迅速。中国作为曾经的世界大国,在其他国家飞速发展的时期,仍旧坚持闭关锁国政策,使得国家综合实力落后世界一大截。

以英国为首的西方国家迅速扩张势力范围,把靶心对准了中国。面对外来侵略,清政府屡屡割地赔款,惹得列强欺凌;面对国内起义,却是暴力镇压,闹得民心离散。中国作为农耕民族,延续了两千多年的封建帝制,至此摇摇欲坠。

宣统三年八月十九(1911年10月10日),总指挥蒋翊(yì)武领导革命党人在湖北武昌发动起义。和之前喊喊口号的起义不同,武昌起义是一次有组织、有周密计划的起义,目的是彻底推翻清政府的统治。

枪声在武昌响起,震惊了北平的紫禁城。清政府面对来势汹汹的起义军,彻底慌了神,手忙脚乱地派遣廕昌和袁世凯率军出战。

廕昌是当时的陆军大臣,为人圆滑,并无丰功伟绩。而袁世凯何许人也?他是光绪年间的三军总督,战场上的常胜将军,慈禧太后生前的红人。但由于和摄政王载沣不和,慈禧一死,袁世凯马上被载沣罢黜,灰溜溜地回了家乡河南项城。

载沣的落井下石让袁世凯怀恨在心,新仇旧怨加在一起,他干

脆以脚伤为由，果断地拒绝了清政府伸出的橄榄枝。这下可好，廕昌只能硬着头皮，带领清军们抵抗气势汹汹的起义军。结果却是屡战屡败，在各个省份独立的浪潮中节节败退。

不得已之下，清政府下诏命袁世凯为统领海陆两军的钦差大臣。内阁总理庆亲王奕劻（kuāng）和内阁协理大臣徐世昌合力写了封邀请函，由廕昌代为游说袁世凯。

廕昌捏着二人的亲笔信，来到袁世凯的府上，汗如雨下地恳请袁世凯出山。廕昌代表的不是他自己，而是清政府，整个朝堂由上到下，都在祈求这位昔日的大将军能出山抗敌。见和自己平起平坐的人，此刻也一副焦灼万分的样子，袁世凯暗自得意。哪怕是平日里对自己恨得牙痒痒的死对头载沣，此时也巴不得自己能答应领军击退起义军。

袁世凯读完信之后，露出意味不明的笑容，说道："此番临时抱佛脚，属实像亡羊补牢。"

面前的廕昌不知是想祸水东引，或者是真的寄希望于袁世凯，他听到袁世凯这句话，又是一番讨好捧高的言论，说得自己口干舌燥。

袁世凯本就有些想法，经过廕昌软磨硬泡之后，才满意地答应出师。

但就在这时，曾经的老部下冯国璋给他捅了个大娄子。

话说这冯国璋，在听说袁世凯要来指挥大军之后，精神为之一振。他带领的军队所向披靡，把湖北滠（shè）口的起义军打得节节败退，成功占领了汉口。汉口百姓本来都期待着独立，这下可好，清朝的军队又打了进来，自然是要抗议的。

冯国璋仍旧坚持着武将的做派，不服气？那我就打到你服气！冯军所经之处，烧杀抢掠、无恶不作，把汉口变成了活生生的人间

1. 袁世凯进京

炼狱。汉口百姓们无处申冤,看见冯军跟看见瘟神一样,唯恐避之不及。

饶是袁世凯这样脸皮厚的人,也禁不住国内外各界的批评,便给冯国璋下了禁令,冯军这才惺惺作态地收敛行为。

袁世凯到达汉口后直奔冯军军营,先是抚慰了冯军伤员,私底下又对冯国璋进行一番"再教育"。袁世凯摇着头,说道:"冯老弟呀,今非昔比了,你这样破坏汉口,得领地却失民心呀!"

冯国璋连忙狡辩:"若不是我们给汉口百姓一点下马威,他们胳膊肘都拐到起义军那里去了!"

袁世凯却又说道:"当今局势,不是杀一两个百姓就能解决的。依我看,我们可以一面和起义军议和,一面敷衍清政府。"

冯国璋一听,对袁世凯这个老狐狸更加佩服,便听从他的话,不再迫害汉口百姓。

这时,清朝接连来信,任命袁世凯为内阁总理,催促他进京组建内阁。与此同时,江苏、浙江等省份相继独立的消息传了过来。袁世凯皱着眉头,想到了一个人——黎元洪。

武昌起义打响之后,黎元洪被起义军推为湖北都督。俗话说,擒贼先擒王,黎元洪就是一个很好的突破口。

袁世凯的手下刘承恩和黎元洪是老乡,袁世凯让刘承恩写信给黎元洪,谋划议和之事。几天过去了,并没有收到黎元洪的回信。刘承恩顶着压力又写了一封,但黎元洪根本不买刘承恩的账。

袁世凯只好自己写了一封亲笔信,信里面字字不离百姓安危、山河稳定,又承诺会给黎元洪好处,可谓是从大义到私情面面俱到。信件寄出,依旧是石沉大海。

这时,各省独立的消息如同雨后春笋般冒了出来。而这些省份的地方官,不是临事逃命,就是投靠起义军。这可把袁世凯急得如

同热锅上的蚂蚁,他终于意识到事态已经远远超出控制。

于是,袁世凯派刘承恩和蔡延干到武昌,当面劝说黎元洪。自己则收拾行装,准备去京城。几天之后,这两人垂头丧气地带着黎元洪的信回来了。袁世凯展信读了几分钟,竟然大汗淋漓。

这封信里写了什么呢?竟然是黎元洪反过来劝说袁世凯夺取兵权,一举推翻清朝统治!

袁世凯收起信,故作平静地说道:"黎元洪不愿议和,那就算了。"

随后,袁世凯怀着复杂的心情,在一众随从的簇拥下,大摇大摆地进了京。

2. 孙中山出任临时大总统

袁世凯进京，可谓是风风光光，受到京城官民的列队欢迎。甚至连死对头载沣，都对袁世凯点头哈腰，请他到自己府上闲谈并殷勤款待。

新官上任，袁世凯做的第一件事就是组织内阁，选了梁敦彦等人做议员。

这时，中国版图的大半都被起义军占领了，可谓是天下三七分，仅有三分在清政府手里。为了重振军威，树立自己的威信，袁世凯想了个办法。他让庆亲王逼迫隆裕太后拿出慈禧敛聚的财物，又从国库调用大量钱财，都运往湖北冯军处。

冯国璋收到袁世凯下令力攻汉阳的命令，行军前，他把热乎的银两分发给士兵们。清军士气大涨，连连击退起义军。打到龟山，起义军的将领黄兴死守严防，冯国璋一连好几天都攻克不下就夜渡汉江，来到汉阳城外，把毫无防备的起义军打得连连败退。紧接着，冯国璋乘胜追击，拿起长枪大炮轰炸武昌。

武昌防守极严，冯国璋非但没攻打下来，还误伤了很多难民。一时间，啼哭声和炮火声此起彼伏，江面上流动着的都是中国同胞的血。

这个时候，连外国人都看不下去了，各国领事协商一致，派英

国领事前来劝架。冯国璋杀红了眼,非但没把英国领事放在眼里,还大言不惭地说只听清政府的命令。

冯国璋跟英国领事说,起义军都是大土匪,如果要停战,他们的兵线要退到十五公里以外的地方,武器还要交给英国领事。如此欺内附外的行为,令起义军气愤不已。

彼时的起义军,已经由各独立省选出代表,齐聚汉口租界顺昌洋行,商议成立临时政府。这些代表也提出相同的条款,让清兵后退十五公里,缴械给英国领事。

如此闹剧,最后还是袁世凯下停战命令,冯国璋停战十五天后,才不了了之。

清军占领汉阳,不久后起义军也攻下南京。南京位于长江下游,依山临水,龙盘虎踞,有着极其重要的历史意义和战略价值,至此

2. 孙中山出任临时大总统

起义军和清朝恰好胜负相同。

南京被占之后，袁世凯马上把责任推卸给了载沣。载沣即便再气不过，也只能黯然退回藩地，无法插手京城事宜。

庆亲王奕劻辞职，摄政王载沣隐退，清政府虽然无法完全信任袁世凯，但官员们要么逃跑了，要么投身起义军闹独立，剩下的人都明哲保身。清政府走投无路，只能紧紧抓住袁世凯这根救命稻草，把兵权全部交给他。

至此，袁世凯一跃成为捏住清朝命脉的人物。

清军和起义军局部停战，时有摩擦，如此损耗下去，对双方都没有好处。袁世凯和尚书唐绍仪彻夜密谈，派唐绍仪做全权代表，前往上海同起义军议和。

就在唐绍仪前往上海之际，有个大人物也从海外回来了。他就是革命的发起人，革命党首领——孙中山。

孙中山是广东人，他从小学习西方知识，后来成为一名西医医生。鸦片战争之后，清政府和西方签订了一系列丧权辱国的条款，孙中山意识到中国不能再任由清政府统治，封建帝制无法适应世界的发展。

为了实现自己"救国救民"的理想，孙中山在夏威夷檀香山成立兴中会，寓意"振兴中华"。后来又以兴中会为基础，孙中山在日本东京建立了中国同盟会，提出"驱除鞑虏，恢复中华，建立民国，平均地权"的革命纲领。

同盟会成立后，孙中山作为总参谋长，亲自制定战略方针，同时为起义四处筹集资金。他多次领导发起武装起义，均因经验不足以失败告终。武昌起义打响第一枪之后，起义军攻下全国三分之二的领土，孙中山随后回国。

这样一位为了革命舍生忘死的大人物，对于中国人民来说，他的回国无疑是久旱逢甘霖，同时，也解决了起义军内部的一个棘手的问题。

什么问题呢？这事还得从汉阳战役说起。话说那汉阳战役，总司令黄兴是主动跟都督黎元洪请命的。黄兴碰到了冯国璋，被冯国璋使用迂回战术，打得一败涂地。黄兴只好放弃汉阳，仓皇地逃去武昌。

汉阳失守，令黎元洪和其他的革命党人都很不满意，认为黄兴不是带兵的料子。对黄兴的偏见，由此埋下伏笔。

之后起义军占领南京，各省纷纷派代表前来拟定大元帅选举的事宜，为日后选举总统铺路。在第一次公开选举时，黄兴的票数最多，黎元洪的票数居其次。

但是江、浙的起义军不干了，他们认为黄兴失守汉阳有罪，发电报表示抗议。不得已之下，代表们商量把黄兴和黎元洪两个人的

2. 孙中山出任临时大总统

位置互换。

黄兴知道了联军的不满,主动写信推荐黎元洪当大元帅。各位代表也乐得成全。

由于黎元洪不在南京,决定让副元帅黄兴代行大元帅职权,组建临时政府。但黄兴再三拒绝,谁请都不动。想想也能理解,黄兴不但从大元帅降为副元帅,还要代替大元帅履职,谁能放得下面子?

就在这个左右为难的关口,孙中山回国的消息传遍了大江南北。代表们松了一口气,连忙开会投票,17个代表,16票投孙中山当大总统。

民国元年一月一日(1912年1月1日),孙中山来到南京临时总统府,发表就职宣言。一时间,象征着民族共和的五色旗在人民的手中疯狂地挥舞着。

人民异口同声,大声呐喊着同一句话:"中华民国万岁!"

而另一边,听说了这个消息之后的袁世凯,再也坐不住了。

3. 袁世凯的野心

中华民国的成立，对于中国老百姓来说，无疑是天大的好事。

民国成立后，进行了一系列旧制度的改革，比如说剪掉长长的辫子、废除跪拜礼、开办学校、取消阶级性质的称呼。老百姓的人权得到了保障，平民的社会地位得到提高，就连被压迫的妇女，也开始有了自由选择职业的权利。

然而这些进步的改革措施，并未能普及全国。为什么呢？原来清政府仍然稳稳当当地驻扎在北京，还有一些省份没有独立，或者在清军和起义军之间两面摇摆。

中国统一是大势所趋，可如何统一仍然是个棘手的难题。

当时，唐绍仪作为清政府和袁世凯的代表，正和起义军的代表伍廷芳争得不可开交。尤其是在中国未来体制方面，两方势力难以形成统一意见。唐绍仪主张君主立宪制，而伍廷芳主张共和体制。

最后，两个人口水说干，实在是没有办法了，便决定召集国会，由每省派出三个代表，投票决定中国体制。

消息传到袁世凯的耳朵里，他立马掀了桌子，说唐绍仪并不能代表自己，全盘否决了唐绍仪的决定。紧接着，孙中山当选中华民国临时大总统的消息传来，袁世凯气得一口老血闷在喉头。他马上发了一封电报给伍廷芳，质问道：

3. 袁世凯的野心

"国体问题不是说要开会讨论吗?怎么孙文(孙中山)突然上任民国大总统不说,还宣布推翻清政府统治?这个民国政府,能不能马上取消?请速回消息!"

伍廷芳马上回绝了袁世凯的无理要求,并且在电报中反问袁世凯清帝何时退位。这个反向输出操作,把袁世凯气得胡子一吹,下令山西、陕西、河南等地清军大举进攻,反击起义军。南京政府连忙应战,临时总统孙文写下一篇战斗檄文,激起南北无数将士反抗清廷之心。一时间,民间的百姓纷纷自愿加入起义军,起义军队伍日渐壮大。

而清政府尚存的一些官员,组成了宗社党,为首的良弼不仅主张压制起义军,还大言不惭地说道:"时局动荡,有些跳梁小丑觊觎我大清统治,我大清宁愿让外国人帮扶,也不愿让这些刁民左右!"

但是清军尚且残存一口气，一直牵制着起义军。在此僵持之际，袁世凯悄悄地发了一封电报给孙中山，要孙中山让位给他。

看了电报的内容，孙中山马上回复："我原本也是临时上任，时刻等待着更好的贤能，拯救四万万同胞于水深火热之中。如袁兄有所想法，孙某自当虚位以待。"

原来，袁世凯的野心不仅仅是清政府封的一官半职，他想当的是民国的大总统！只有当上大总统，袁世凯才答应实行共和体制，推翻清政府统治。而孙中山不忍心看到两军交战，死更多的中国人。既然袁世凯答应推行共和体制，孙中山即便是再不放心，也只能承诺将大总统的位子留给袁世凯。

袁世凯在革命党这边达成目的之后，扭头又去忽悠清政府。

中华民国成立之后，清政府大势已去，偌大的紫禁城空空荡荡，再无往日辉煌。隆裕太后待在清冷的皇宫里，盼星星盼月亮一般，盼着袁世凯的好消息。结果没盼到袁世凯，却盼来了内阁的联名信。信上大体内容如下：如今大势已去，改革已是民心所向。我等将力保皇室，同中华民国政府协商，列举数条优待政策，以保皇室安宁。恳请朝廷为了天下百姓，宣示中外，确定共和政体。

看到最后段祺瑞等四十多个官员，齐齐写上自己的大名，隆裕太后泪流不止，把信件都打湿了。

走投无路之下，隆裕太后只好再次传唤袁世凯。

袁世凯不紧不慢地来到皇宫，看到哭肿眼睛的隆裕太后，假惺惺地问道："太后，您这是怎么了？"

隆裕太后一阵哭哭啼啼，听得袁世凯十分不耐烦。隆裕太后看袁世凯神色不对，便也不再绕弯子，直言道："优待皇室的条款，是否已经和南京政府商议一致？"

袁世凯摇了摇头，装模作样地说道："事关紧要，我认为要同

3. 袁世凯的野心

近亲的王公贵族商量一下，再做决定。"

闻言，隆裕太后又是止不住地流泪，悲声说道："他们逃的逃，死的死，哪里还剩下什么人呀！"

眼前的隆裕太后，哪里还有半分太后的形象？此刻的清政府，已经是气若游丝，便是要喘上那么一口气，也要问过袁世凯。

袁世凯满意地离开了皇宫，把有关优待皇室的电报发到了南京。南京政府的议员们专门开会，集中讨论优待条款的内容。这不看还好，一看，每个人都气不打一处来！

电报的第一行，写着的是：

（甲）关于大清皇帝优礼之条件。

单单标题，就引发了议员们的激烈讨论："这清朝都名存实亡了，还称'大清'？而且'优礼'二字显得皇帝还是至高无上的样子！"

就这样，仅仅是这个十来字的标题，就已经更改了三处。改后

变成：（甲）关于清帝逊位后优待之条件。往后看，则是什么"岁用不得少于四百万两""国民对大清皇帝致尊崇之敬礼""皇室大典举国同庆"等，众议员忍耐着脾气，一条条地修改。到后面，基本上每一项条款都有更改。

这份经由南京政府调整后的优待条款，交到了清政府处，清政府残留皇室、官员虽有异议，但终究还是接受了。

宣统三年十二月二十五（1912年2月12日），清王朝颁布隆裕太后懿旨，宣告清帝退位。至此，清朝结束了两百六十八年的统治，黯然退出历史舞台。

4. 袁世凯窃取革命果实

清帝逊位,孙中山信守承诺,发表了辞职演讲,并在演讲中推荐袁世凯为新总统。当天下午,南京政府的议员们召开投票会,袁世凯以十七票全票通过,当选中华民国第二任临时大总统。

孙中山马上发电报,邀请袁世凯到南京就职。可是这袁世凯左右推托,竟然拒绝来南京。这又是为什么呢?

原来,袁世凯的羽翼都在北方,南方的势力早就投靠起义军了,如果真的到南京就职,他担心变成傀儡总统,任由起义军摆布。这对于心高气傲的袁世凯来说,无异于坐牢!

其间,孙中山跟袁世凯互相发了好几份电报,袁世凯始终推辞。议员们接连开会投票,最终决定把政府设立在南京。无奈之下,南京临时政府派遣教育总长蔡元培为专使,汪兆铭、宋教仁等人为副使,一起前往北京迎接。

见了袁世凯,蔡元培递上孙中山的亲笔书函以及参议院公文。袁世凯精明得很,他看了之后长长地叹了一口气,说道:"不是我不想南下,只不过北方局势还不安稳,需要设法维护,而且我年近花甲,身体吃不消了。承蒙百姓和诸位的厚爱,但是我更希望你们另找一位比我更适合的人担任民国的大总统!"

听了袁世凯的话,蔡元培只好顺着他的话意,半真半假地吹捧他一番。袁世凯这才说出了自己真正的想法："要我说，政府设立在北京更好！"

在场的宋教仁是个年轻人，当即慷慨激昂地说道："北京的东交民巷已经成为外国人的地盘，趁此机会将国都搬离北京，不但可以脱离外国人的控制，也能避免跟清朝残余势力有所牵连。"袁世凯听了满脸不高兴。

而唐绍仪姗姗来迟，听了宋教仁的话，当起了和事佬："如今最大的问题不在于南北之争，而在于内部矛盾！万万不可因为这点小事，就闹得不和，让外国人看笑话呀！"

袁世凯看了一眼这些人，敷衍了两句算是答应了。随即安排厨房准备了好酒好菜，招待蔡元培他们。觥筹交错之间，酒席上的人看起来一派和气。

酒过三巡，众人散去，蔡元培等人也返回客馆休息。等到夜深

4. 袁世凯窃取革命果实

人静,"砰砰"两声枪响划破夜空,客馆外面人喧马嘶,甚至传来爆炸的声响。

很明显,有人在闹事!蔡元培三人均是心里一惊,顾不得什么,连忙逃去袁世凯的府上求救。袁世凯听说了三人的遭遇,连忙说道:"外面的动静我也听到了,恐怕是你们来北京劝我南下,北京的人不服气,发生了兵变。各位无须担心,我已经让人去处理了。"

第二天,袁世凯拿来一张电报,皱着眉说道:"你们说这可怎么办呀?天津和保定也发生兵变,我现在是分身乏术,去不了南京!"

无奈之下,蔡元培等人向南京发电报,告知北京兵变情况,并建议为了统一大局着想,迁就袁世凯的要求。南京参议院只好发布六条细则,同意袁世凯在北京就职。袁世凯收到电报,看到细则上的第一条是"参议院电知袁大总统,允其在北京就职",高兴地咧着嘴巴笑,其余的可以不用看了,他的目的已经达成!

民国元年三月十日(1912年3月10日),北京。袁世凯在欢呼声中宣誓,正式成为中华民国临时大总统。

袁世凯在北京宣布上任之后,孙中山也正式辞职了。临走之前,孙中山还发表了一番慷慨激昂的讲话,引得无数人泪洒当场。

孙中山辞职后,袁世凯一直提防着南方的革命军。革命军的数量已经达到上百万,如果稍有异心,绝对是对袁世凯最大的威胁。因此,袁世凯早就有裁兵的打算。

但是裁兵可不是口头说说那么简单,还要支付遣散费。彼时的南京临时政府已经欠下三百万左右的外债,上海欠了五十万,武昌欠了一百五十万,这些钱全都由袁世凯所在的北京政府承担。

没钱怎么办呢?袁世凯只好向四国银行借钱。所谓的四国银行,其实就是英、法、德、美四个国家的银行。四国银行在袁世凯刚上

台的时候,便主动联系他,说如果把"借款优先权"交给四国银行,那么他们非常乐意资助中国发展。

四国银行真的是为了扶持中国吗?其实不然。外债的利息非常高,四国银行不过是为了赚取收益罢了。同时,四国银行要求把借款的支出情况告诉他们。借款的用途,有些是国家机密,怎么能告知外国呢?时任总理唐绍仪自然不答应。

于是,唐绍仪转头向比利时银行借钱,偿还了南京、上海、武昌三地的借款,剩下的交由北京政府。但是很快,这笔钱又花光了。

这件事被四国银行知道了,他们非常生气,质问总统袁世凯:"之前答应我们的借款优先权,怎么出尔反尔?"

袁世凯自知理亏,只好让唐绍仪挨个哈着腰道歉。唐绍仪答应四国银行马上取消跟比利时银行的合约。一个国家的总理,因为借款的事情如此卑微,足以见得当时中国的国际地位多么低下。

4. 袁世凯窃取革命果实

果不其然，比利时银行劈头盖脸地骂了唐绍仪一顿。比利时是一个小国，面积还不如中国的海南省大，但是气焰十分嚣张，抓准了中国综合实力不强的弱点欺辱。比利时骂归骂，他们不敢跟四国银行抗衡，便也气呼呼地取消了合约。

安抚好比利时银行，唐绍仪决定先向四国银行借款三千五百万。这可是一笔巨款。四国银行派代表找唐绍仪，询问借款原因。

谁想到，唐绍仪竟然支支吾吾，说发军饷要用三千万，裁兵的话又要五百万。这话听得各国代表皱起眉头，他们直截了当地说："你们支出没有计划，万一借的钱有去无回怎么办？你们借款的用途必须由我们来监督，不然不借！"

这件事唐绍仪也做不了主。他客客气气地送走银行代表，又赶紧找袁世凯商量对策。袁世凯也是一个狡猾的人，他私底下找人打听，看看哪个国家的银行愿意借钱给中国。

这个时候，日本和俄国的银行站了出来，假惺惺地说："既然要借钱，怎么能像看管犯人一样监督钱的去向呢？这是我们绝对做不出来的事情。"

这下可好，四国银行瞬间慌了神，他们马上改口，说愿意再协商。袁世凯喜出望外，派唐绍仪去谈判。唐绍仪挨了几次骂，实在是不想再面对代表团，但此时也不得不硬着头皮顶上。

至此，唐绍仪和袁世凯之间已经埋下矛盾的种子。

# 5. 动荡的民国政府

虽然说四国银行代表有意向商讨，但唐绍仪已经被他们挨个数落了一通，哪里还有耐心再去商讨？正巧，财政总长熊希龄到任，唐绍仪顺手就把这个烫手山芋甩给了他。

熊希龄新官上任，还没显示出威风，就在四国代表那里碰了一鼻子的灰。正当他想找唐绍仪取经的时候，唐绍仪却消失了！

根据唐绍仪府上的仆人说法，他是去天津养病了。可事实真的是这样吗？中华民国刚成立没多久，唐绍仪又是从前清的旧官员摇身一变，成为民国大总理，理应在新职位上大展宏图，怎么在这个节骨眼上，突然称病隐退了呢？

原来，问题就出在内部！

中华民国施行内阁制，凡是国家大事，需要各位国务员开国务会议商讨。但是内务总长赵秉钧一直缺席会议，陆、海军总长又总是反驳唐绍仪的意见，现在财政总长熊希龄又因为甩锅借款问题，对他态度冷淡。这下好了，管内务的、军队的、财政的几位官员，统统不理会唐绍仪。而袁世凯那边，由于任何决策经由总统认可之后，还需要总理认可才能实施，导致袁世凯身边的人很不满意，说袁世凯的权力还没唐绍仪大，总统被总理欺负了。

野心家袁世凯也逐渐对唐绍仪有了不满。一天，唐绍仪来找袁

5. 动荡的民国政府

世凯,结果两人争论起来。袁世凯非常生气,愤怒地说道:"要不你来做总统吧!"气得唐绍仪转身离去。后又因为王芝祥职位问题袁世凯出尔反尔,唐绍仪更加心灰意冷,于是收拾行李去了天津。

袁世凯发了几份电报,假惺惺地挽留唐绍仪,见唐绍仪去意已决,便答应了他的辞职请求。没出几天,袁世凯就安排外交总长陆徵(zhēng)祥继任总理。陆徵祥和唐绍仪最大的区别在于,陆徵祥性格温和,任人摆布,而且他没有加入任何党派。

当初,袁世凯虽然和唐绍仪是同一阵营的人,但是唐绍仪加入了同盟会,袁世凯怀疑唐绍仪早已经偏心革命党,才会屡屡反驳自己的意见。这话要是让唐绍仪听到了,肯定气得大吐血。要知道,共和体制是袁世凯答应实行的,实行之后又不肯遵循内阁的规矩,真叫唐绍仪难做人!

相比较之下,陆徵祥更像是袁世凯的傀儡。

内阁领导人换了,跟唐绍仪相熟的交通总长施肇基、教育总长蔡元培、司法总长王宠惠等人,一个接一个地辞职。这些人都是同盟会的,即便不辞职袁世凯也不会让他们待下去。

所谓一个萝卜一个坑,有人辞职,自然就需要有人顶上。袁世凯整理了一份新领导班子的名单,名单上全是自己的人。等到内阁开会投票的时候,议员们早就看穿袁世凯的诡计,纷纷投了反对票,甚至还提出要弹劾陆总理!

这下,可彻底触碰了袁世凯的逆鳞了。

没过多久,议员们陆续收到匿名的传单,说是他们干扰中华民国发展,要取他们性命。议员们毕竟都是些普通人,吓得纷纷躲在家里不敢出门。袁世凯却很突兀地请所有议员来府上吃了顿饭。

这个招数似曾相识,蔡元培等人劝袁世凯南下就职的时候,袁世凯就用过同样的伎俩。果不其然,第二天的投票会上,投票结果

5. 动荡的民国政府

基本符合袁世凯的预期。

而陆徵祥呢,由于不被大家待见,面子上挂不住,干脆也请了病假,对政务不管不顾。

陆徵祥的大总理位置名存实亡。

内阁大变天之后,军队也起了骚乱,袁世凯的裁兵计划令各省的军队惶惶不安。被裁减的士兵心中不服,没被裁减的军队也未雨绸缪,站出来反抗。不久后,南京、苏州、安徽的军队,接连发生暴动。

幸好各地的军官处理及时,把叛乱的苗头都掐灭了。但是湖北发生的动乱,却没那么容易平定,因为那里是革命的起源地,连司令官都有闹独立的想法。比如襄阳的司令张国荃,他把调查员杀了之后四处逃窜,中途还打家劫舍、为祸作乱,逼得副总统黎元洪亲自带兵围剿,这才平定了动乱。

一事未平一事又起,军官祝制六等人在军队里煽动人心,谋划推翻民国政府的统治。黎元洪搜集证据之后,把为首的三人枪毙了。至于其他乱党分子,黎元洪一番警告过后,便放走了他们。其实,黎元洪心里清楚,煽动祝制六等人的,是军务副司长张振武和将校团团长方维。但是处治他们还缺乏一个契机,黎元洪这才按兵不动。

黎元洪经历了数次兵变,变得万分谨慎,派人每天监督军队。果不其然,没过几天就传来了张振武、方维将要闹事的情报。

黎元洪找两个人面谈,借机让他们去调查边疆事务。按照黎元洪的安排,方维留在北京,而张振武调往蒙古。他们不敢顶撞,只好答应了。

张振武出发去蒙古之前,悄悄地叫上十几个将校,去北京找方维密谋。第一天晚上无事发生,等到了第二天,百来个士兵冲进旅馆,拿铁链套住了方维的头!

其他将校正要反抗，来人大声说："有罪的是张振武和方维，你们不要插手，否则小心枪眼无情。"看到对方纷纷掏出手枪，这些人一下子老实了。方维的心凉了半截，被士兵们押送到了军政总执法处。

到了执法处不久，方维看到张振武也被押解进来，一下子明白了其中缘由。而张振武还在装腔作势，大喊着："冤枉啊！你们怎么能拘禁良民！"

"哼！"执法官冷冷地说道，"贪污军饷、煽动造反，这两样哪一样不是重罪？"

执法官拿出黎副总统的电文读给他们听，张振武和方维两个人听了百口难辩，不久后便被枪决。

其他革命党人知道了这件事，唏嘘不已。在他们看来，张振武早年积极参加革命，功大于过，就算处死也应该就地处决，为何要诱骗他到北京枪毙。一时间，批评的信件如雪花般洒向副总统府。

黎元洪早有准备，马上让秘书发了一封一千来字的电报。这电报内容洋洋洒洒，细数了张振武的十四条重罪，除了贪污军饷、煽动造反之外，还有私自设立自卫队、暗杀革命党同胞、购买劣质枪支、强娶女学生做妾等罪行。

这封电报言之凿凿，令之前为张振武说话的人哑口无言，再也生不出半分同情。欲望的膨胀令张振武等人葬送了自己的前途。

风光半生，贪欲断命。个中唏嘘，难以言喻。至此之后，湖北总算是平静了下来。

6. 民国政府内忧外困

民国自成立后,一直是通用阳历。由于武昌起义的时间是宣统三年八月十九(1911年10月10日),参议院遂决议将每年的十月十日作为国庆日。

到了民国元年十月十日(1912年10月10日)这天,大街小巷都放起了鞭炮,庆祝中华民国的成立。祈年殿专门摆放了一个祭坛,用来追悼革命先烈,祭礼由时任总理赵秉钧主持。

好端端的,民国总理怎么会由陆徵祥变成赵秉钧了呢?

原来啊,陆徵祥一上任,参议院就大换血,同盟会的人少了很多。黄兴和孙中山觉得袁世凯狼子野心,把同盟会议员和统一共和党议员合并成新的党派——国民党,借机牵制袁世凯。而陆徵祥呢,频频称病不肯上班,袁世凯也起了换人的心思。于是乎,八面玲珑的赵秉钧便粉墨登场了。

祭奠完毕,接下来就是正常的阅兵、酒席等流程。这头的京城成了红色鞭炮的海洋,其他的省份也热闹非凡,代表着民族大统一的五色旗挂满了中国的各个角落——唯独一个省份除外。

这个搞特殊的省份,就是外蒙古。外蒙古不但反对民国政府,还自己建立了一个政府,名曰"蒙古帝国"。

这样一个所谓的帝国,时任皇帝竟是一个双目失明的活佛。活

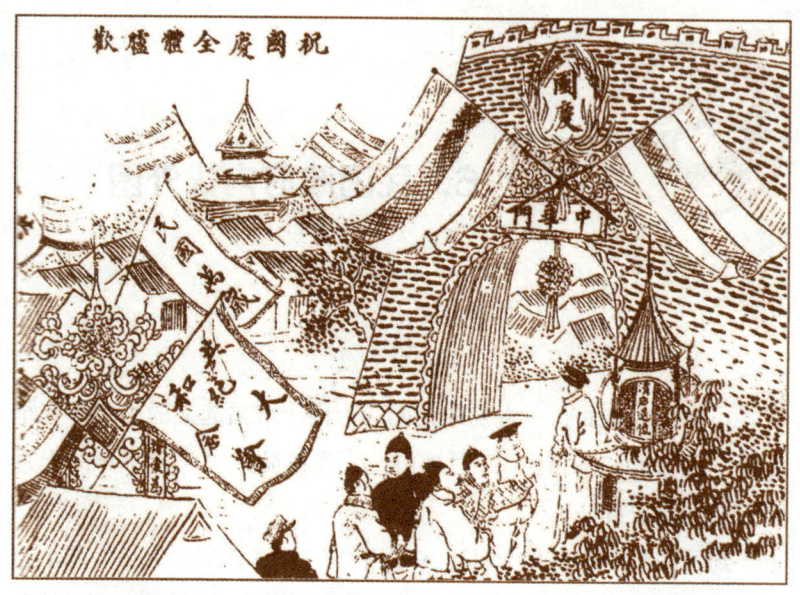

佛在妻子的哄骗下，把政权交给了亲王杭达多尔济。杭达得权之时，国内已经有南北议和的消息，他怕民国政府拿他开刀，便抢先一步巴结俄国沙皇。

得知杭达的意图，俄国沙皇非常高兴。他答应支援资金、军械给外蒙古，并且发电报给民国政府，要求中国不得干涉蒙古独立。

南北议和达成之后，袁世凯开始处理蒙古独立的事情。但是此时的活佛非但拒绝归顺，而且煽动东、西蒙一起发动袭击。这下可好，袁世凯直接让东三省的都督出兵，把蒙古兵打得落花流水，还革去札萨克郡王乌泰的爵位，另派人镇守札萨克地区。

国庆期间，内蒙活佛章嘉和甘珠尔瓦呼图克图两人都声称同意共和。随后，前藏、东蒙古十旗也发出回应拥护共和体制。袁世凯趁热打铁，传唤蒙古科尔沁亲王、东三省宣抚使张锡銮、吉林都督陈昭常，加上各旗王公四十人，一起召开会议。

6. 民国政府内忧外困

会议的大致内容是，内外蒙古取消独立，民国对蒙古有统治权。各旗王公对此表示没有异议。就在袁世凯欣喜不已，以为可以就此收复蒙古和西藏的时候，一封公文突然送到，阻断了中国统一的道路。

十一月九日，驻京的俄国大使递交了一份"正式通告"到外交部。时任外交总长梁如浩展信读之，只读了一半，便惊得大汗淋漓。

原来，这封公文上面写的是俄国和外蒙古的双方协议。协议加上附约有几千字，涉及畜牧业、农业、渔业到军事、金融等方方面面的领域，外蒙古都要受到俄国的监管。简言之，这封公文就是昭告民国政府，俄国要把外蒙古变成它们的附属国！

接到这个烫手山芋后，梁如浩竟然立即辞职了！紧要关头，袁世凯想到了陆徵祥。原本参议院的人个个骂前国务总理是草包，现在又一致通过任命陆徵祥为外交总长。

陆徵祥临危受命，竟也想到了对策。那就是坚持蒙古为中国之领土，否认俄蒙条约，重新签订中俄条约。正当陆徵祥打算重新同俄国谈判时，又一封公文传到外交部，打乱了他的计划。

公文是驻京的英国大使发出的，内容是有关于西藏的问题。英国虽然承认中国对西藏有主权，但是禁止中国过多干涉西藏，否则就不承认民国政府。陆徵祥头都大了，无奈之下，只好找袁世凯商量。

那头通过武力镇压蒙古刚有起色的袁世凯，这头又被英国泼了盆冷水。之前和英国协商过，解决了俄蒙条约的问题，再来处理西藏问题。现在俄国施压，英国也横插一脚，颇有趁乱刮点油水的意思。袁世凯和参议院商量了半天，写了份立场坚定的电报给英国大使。久久未有回应，便也算安定了下来。

谁想到，前藏的达赖喇嘛贼心不死，也想称帝。这可正中蒙古的下怀！蒙古偷偷派人到西藏，和达赖喇嘛签订了蒙藏协议。大致内容是：蒙古和西藏互相承认对方的独立国身份，未来在经济、军

事、文化各方面互帮互助。

消息一出，全国百姓都沸腾了。文人撰稿、士兵请缨、商人捐款，一时间，全国都处于一个紧张的战备状态，只等袁世凯发兵的号令。

可是反观总统府这边，却安静得像是一潭死水。袁世凯非但没有发号施令，反而让各省平息躁动、切勿造谣。袁世凯为什么会如此反常？难道是因为他忌惮英俄的势力，想和平收复西藏、蒙古吗？

答案是否定的。袁世凯不肯出兵的原因，说出去会丢了他这大总统的面子——没钱！前段时间，前财政总长熊希龄在四国银行那里借款碰了壁，现任财政总长周学熙费了好大一番功夫才借到一千万英镑。这点钱刚到账就马上用光了，哪里还有余钱派兵打仗？

好在陆徵祥的方案发给蒙古之后，并没有负面效果，民国和蒙古便僵持着，各自按兵不动，袁世凯得以喘息。

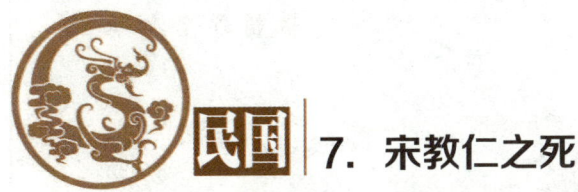

7. 宋教仁之死

之前提到,孙中山、黄兴等人成立了国民党。本来邀请了袁世凯做领袖,但是袁世凯对国民党不屑一顾,便还是由孙中山等人负责。其中,前农林总长宋教仁随着唐绍仪的下台而辞职后,凭借着出色的才干,成为国民党中主持党务的理事。

此时,中国的党派中以国民党人数众多,在国会中的议员席位也是国民党的人占多半。日渐壮大的国民党,早已引起了袁世凯的注意。袁世凯自从窃取辛亥起义的革命果实之后,一直都按捺不住自己的独权野心。拒绝孙中山等人的邀请,也是不想被党派牵制,他又何尝看不出孙中山等人的心思?

正巧宋教仁此时来到上海,在各地区之间频繁发表批评时政的演说。批评时政,等同于拐弯抹角地批评袁世凯。袁世凯的眼睛里可容不下沙子,在他的指使下,北京一个叫"救国团"的组织应景而生,到处批判宋教仁的言论。与此同时,袁世凯假惺惺地邀请宋教仁来北京共商时政。

宋教仁收到袁世凯的邀请,刚好他一直有把内阁改革成政党内阁的想法,便欣然应允。民国二年三月二十日(1913年3月20日),宋教仁出发那天,黄兴等人前来送行。当宋教仁走到检票口的时候,意外发生了!

"砰！"一枚子弹精准地击中了宋教仁的胸口！宋教仁凄声说道："我中枪了。"紧接着，又是"砰砰"两声枪响，吓得月台周围的乘客作鸟兽散。黄兴等人连忙扶着宋教仁离开，同时寻求车站巡警的帮助。谁都没有料到的是，偏偏这个时候，一个警察都没有。

在医院抢救的过程中，宋教仁知道自己大限不远，流着泪对于右任说："我太痛苦了，恐怕不行了，人总有一死，死也没什么可惜的，只是有三件事想要拜托你：一是我的所有书籍，全都捐给南京图书馆；二是我家里本来就贫寒，老母亲还在家中，请你们替我照料；三是我死之后，你们要努力调和南北，不要因为我的死而放弃作为国民的责任，我本来是想调和南北的矛盾，没想到暴徒误会了我，我现在深受其害，也是自作自受。"交代好遗言之后，宋教仁便合上了双目。这样一位忠肝义胆的人物，死时竟才三十二岁！

很快，宋教仁遇害的消息众人皆知，大家都为他英年早逝感到

7. 宋教仁之死

惋惜。袁世凯于次日发布电报，要求缉拿真凶。此时，孙中山从海外回国，江苏都督程德全赶往上海，其余的国民党人纷纷聚集在上海，誓要抓出真凶。黄兴等人筹资一万元，请求上海公租界总巡——英国人布罗斯，帮忙抓捕凶手。

一时间，整个上海的中外巡警都跟打了鸡血一般，废寝忘食地寻找线索。结果，还真的摸到蛛丝马迹。之前宋教仁住的那家医院，收到过一封来自救国团的嘲讽信。信的大致内容如下：本来我们是想送某个人去"黄泉国"当大总统的，没想到这份好运错送给你了。那么就先请你在九泉之下当个代理总统，某人随后就到！

寥寥几句，反映出很多信息。无论是误杀还是谋杀，都说明了这次的暗杀行动和党派有关。救国团的这封警告信，恐吓的并非当时在宋教仁身侧的黄兴，而是整个国民党。国民党触动了谁的利益？宋教仁身死之前做了什么事情？如此一来，案件便有了些许眉目。

事情发生的第四天，经过上海公租界总巡布罗斯的侦查，案件的第一个嫌疑人被捕了。

这名嫌犯叫应桂馨，他的来头可不小，兼任共进会会长和江苏驻沪巡查长。这样的一位大人物，是怎么被逮到的呢？

原来，应桂馨有天找自己的老朋友王阿法聊天，说只要把宋教仁杀了，就给他一千元。王阿法只是个卖古董的，自然不敢杀人。但是王阿法眼馋报酬，后来在客栈巧遇朋友邓某，两人就这件事密语多时。结果呢，被客栈老板张某听到了，又举报给国民党。

国民党抓了王阿法审判，发现他和他的朋友都不是杀手，便跟他说协助破案有奖金。这王阿法一听到有钱赚，眼睛都亮了，又找到布罗斯举报应桂馨。于是乎，应桂馨就顺理成章地被逮捕了。

应桂馨被捕后不久，他家里的人也被收押。巡查带着枪击案的目击者来到巡捕房指认，目击者一眼认出凶手吴福铭。一夜之间，

雇主、杀手双双落网。

一审中，根据吴福铭的供词，邀请他进入共进会，在应桂馨的指使下，教唆他杀害宋教仁的，是一个姓陈的会员。可到了二审，吴福铭又说枪杀宋教仁的事情，全部都是一个叫陈玉生的人指使的。摆明了是要洗脱应桂馨的嫌疑，法官只能继续扣留他。

到了应桂馨这边，他显得更加狂妄，一口咬定自己和宋教仁案没关系，从巡捕房耍赖到法庭，还给自己请了几个大律师做辩护。

当庭只有人证王阿法，前人证吴福铭又在应桂馨暗地里的收买下翻供，现在唯一可靠的证据就是物证了。但可惜的是，法捕房在应桂馨家里搜到的文件，一直被他们捏在手里。之前法捕房认为，应桂馨住在法租界，应该把嫌犯交给他们审。而英捕房认为，他们是在英租界抓到应桂馨的，应该交给英国法庭审案。

最后决定在公租界的法庭审理本案。法捕房磨蹭之下，也传来

7. 宋教仁之死

消息，说应桂馨的文件大多数是他跟洪述祖的往来信。与此同时，江苏都督程德全在调查中发现了应桂馨发给洪述祖和赵秉钧的电报，赵秉钧不用多说，是国务总理。这洪述祖又是谁呢？原来，洪述祖明里是内务部秘书，暗地里是袁世凯某个妾室的哥哥。

没想到的是，还没等逮捕令出来，洪述祖就提前收到风声，早早溜之大吉。袁世凯收到程德全的报告，假模假样地下了捉拿通知。可这时的洪述祖，早已逃往青岛逍遥去了。

孙中山等人不辞辛劳，频繁跟领事馆交涉，最终把嫌犯和证据都周旋回上海检察厅手里。回到中国人自己的手里，案件就好办了。可就在这个时候，吴福铭突然中毒身亡了！

关键时刻，吴福铭怎么会突然中毒呢？看来，是有人对他下了毒手，防止他说出什么秘密。之后的几天，程德全等人整理好应桂馨的证据，请求法庭审讯。结果，司法部拒绝审讯。孙中山和黄兴齐力写了封电报给北京政府，把案件经过以及应桂馨和赵秉钧的对话仔仔细细地写了上去。

令人心寒的是，袁世凯并未回复，好似不再插手这件事。而赵秉钧也置之不理，继续高枕无忧地做他的大总理。应桂馨在法庭上越发嚣张，法官都拿他没有办法。

最终，应桂馨保释出狱，其余嫌疑人也逐一释放。宋教仁牺牲在政治斗争下，含恨九泉。

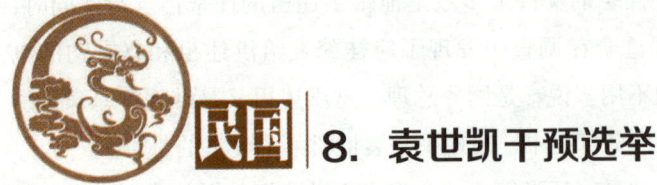

8. 袁世凯干预选举

民国二年四月八日（1913年4月8日），国会成立仪式在北京召开。这场以宋教仁的牺牲为代价的政治斗争，最终以参议院议长为国民党代表、众议院议长为民主党代表结束，两大党派之间相互持平，风波暂缓。

本来说，国会拥有立法权、财政权、监督权等权力，可以监督和决议国务。可谁知，袁世凯的一个举动，让两边势力都不淡定了。

民国自打成立之后，国库空虚，一直都是缺钱的状态。还因为借款的问题，气跑了好几位财务总长。但是中央实在是急需钞票，袁世凯的团队和六国银行周旋几次，反复修改条款。前面几次的条款都让众议院商议，但最后商定的结果一出来，袁世凯直接让国务总理赵秉钧等人签字了。这合同可不简单，不但要收高利息，还要中央交出国内盐税的主权！

袁世凯没经过众议院的决议借了两千五百万英镑，让人在合同上直接签字，事后还发了篇公文，吩咐众议院做好借款合同的备案。参议院现在是国民党主持，他们素来就对袁世凯有所提防，袁世凯这个娄子一捅，参议院一片哗然，直接否认了签字的合法性。在得知参议院的态度之后，赵秉钧也马上辞职了。

过了几天，国会召开会议，袁世凯派了个毫无关系的段祺瑞上

8. 袁世凯干预选举

场。段祺瑞虽然是临时国务总理,但是对大借款的事情毫不知情。面对众议院的质问,段祺瑞一副事不关己的模样,还让众议院理解政府的行为,说完便溜之大吉。

段祺瑞的态度,直接代表着袁世凯的态度。本来众议院并不反对借款,只是质疑政府私自签合同。这下可好,整个众议院都炸开了锅,言辞激烈地讨论着这事。最终,经过投票之后,众议院表示不承认大借款一事,反手把公文退回给袁世凯。

到了这一步,问题就出来了。并不是所有的人都投反对票。至于投承认票的那些人,大部分都是拥护袁世凯的统一党。袁世凯大手一挥,让统一党用金钱来收买共和党和民主党。结果,这两个党派收了好处,不但自愿帮袁世凯说好话,还与统一党合并成新的党派:进步党。

国民党一面要弹劾政府,一面又要和进步党作斗争,连议案都

没有人处理。长期下来，国民党只好和进步党言和，打着马虎眼说承认大借款。

而面对始终反对的参议院，袁世凯却根本没放在心上。因为他知道，有一股火药味正从南朝北日渐弥漫。

在当时，全国基本上可以划分为三大势力。以袁世凯为代表的北洋军阀为第一大势力，其次是以梁启超等民族资产阶级为代表的立宪派，最后则是以孙中山为代表的革命派。立宪派中有很多前清的官员，他们基本上是拥护袁世凯。相对来说，孙中山等人在袁世凯的眼中，就相当于一颗眼中钉。

民国二年三月（1913年3月），宋教仁被杀案，一切证据都指向幕后黑手袁世凯。同年4月，袁世凯越过国会擅自签字借款，以扩充军备。两件事看似互不相干，实际上都是袁世凯为了打压国民党而打的先手。

借到钱之后，袁世凯紧接着购买了大量的枪支弹药，调兵南下。南方有谁？那都是些革命军。很显然，袁世凯已经做足了打仗的准备。

同一时期，孙中山从海外赶回，主张及时对袁开战。但是由于国民党内部意见不统一，错过了最佳时机。孙中山只好利用大借款的事情制造舆论，电促南方省份独立。但是只有国民党身份的江西都督李烈钧、广东都督胡汉民、安徽都督柏文蔚站出来，表示反对袁世凯的违法行为。而这几个都督，都被袁世凯以逆反的借口革职。

7月，前江西都督李烈钧带领旧部下，成立了一个讨袁司令部，宣布江西独立。几天后，黄兴也带兵来到南京，宣布江苏独立，推荐江苏都督程德全为司令。这程德全本来在宋教仁案中尽心尽力，但是此刻面对黄兴的推荐，怕惹祸上身，扭头便逃去了上海。之后，安徽、上海、湖南、广东独立，浙江、云南中立。

8. 袁世凯干预选举

在随后的战斗中，讨袁军因没有革命基础（军备、民心），以及统一的指挥，被英军协助的袁军打得节节败退。讨袁军战败，发起二次革命的国民党也因此被削弱了大部分力量，国会中国民党派议员要么辞职，要么更换党派。此时，袁世凯做的另一件事又东窗事发了。

原来早在四月份，袁世凯就已经跟一家军械公司借了三千二百万英镑的借款，并承诺用借款的一半来购买该公司的军械。消息一出，国会的议员们都非常愤怒，袁世凯如此做派，显然是不把国会放在眼里。议员们无法弹劾袁世凯，便开始弹劾起国务员。

袁世凯扶持进步党的熊希龄做国务总理，是希望国会为自己所用，没想到国会的人都反对他的独权。袁世凯思来想去，决定先从国民党开始斩草除根。

首先是涉及国民党的机关，必须关停取消。涉及二次革命的人，

大部分都以乱党分子的名义被枪决。而国民党的发起人孙中山和黄兴，都早已逃到海外，幸免于难。

而此时，袁世凯的野心已经遮掩不住，明眼人都看得出来，他把所有反对他的人都打成了乱党分子。但袁世凯的身份仍旧是临时总统，国会的议员们便决定做个顺水人情，先颁布大总统选举法，确定了正式总统，再起草宪法。

在最终结果出来前，袁世凯派军队包围会场，说是公民团的人来参观投票。议员们被这些持枪的军人惊出一身冷汗，哆哆嗦嗦地写下袁世凯的大名。

于是，袁世凯在自己的预料之中当上了民国大总统。

9. 屈辱的二十一条

袁世凯当上民国总统之后，并未善罢甘休。他以国会颁布大总统法未让他签名为借口，又找了些故意为之的事端，直接把国会斩草除根了。除掉国民党和国会之后，袁世凯终于可以肆意横行了。古有赵匡胤杯酒释兵权，袁世凯的大总统位子还没坐热，便也想着稀释老战友的权力。

袁世凯有两个得力干将，分别是参谋长黎元洪、陆军总长段祺瑞。在长子袁克定的怂恿下，袁世凯把黎元洪召入京城，又把段祺瑞调到湖北当湖北都督，相当于监控黎元洪，稀释段祺瑞的军权。和段祺瑞势力相当的冯国璋，因为和袁世凯关系甚好，没有受到打压。袁世凯还把自己府上的女老师赐婚给他，以笼络冯国璋。而前国务总理赵秉钧则下场凄凉，被袁世凯派来的医生下毒害死。

民国三年六月二十八日（1914年6月28日），第一次世界大战爆发，中国宣布中立不参战，欧美列强放松了对中国的侵略。就在袁世凯以为万事大吉的时候，日本看上了中国的胶州湾，派兵和德国军队打了起来。青岛早在清朝时期，就被德军以租借的名义占领。现在日本军声称要帮中国捍卫领土，却强烈反对中国出兵，大有占为己有的意思。

而袁世凯这边呢，却始终睁一只眼闭一只眼，不仅禁止山东军队和日军开战,还让他们协助日军。原因无他,竟是为了日本能支持自己复辟帝制,而割舍了青岛。结果日军更加为所欲为,占领了胶州湾和胶济路,驱逐民众、大修铁路,完全把青岛当成自家地盘。

日军完全占领青岛之后,又马不停蹄地提出了《二十一条》条约。条约的大致内容是:日本继承德国在山东的所有权益,有增无减;延长旅顺、大连等地的租借期限至九十九年;中国沿海的港湾、岛屿不能租给别的国家;中国要用日本人作为政治、经济、军事顾问,日本在武昌等地有修铁路的权力,在福建有开矿和修路的优先权;中国的军械设备一半以上在日本购买等。

袁世凯一看到这条约,就连连拒绝。日本政府早做了两手打算,他们派大使日置益告诉袁世凯,如果同意签约,那么将保证袁世凯的政治权力,对他予以经济扶持,并协助他消灭乱党分子。反之,则扶持乱党分子赶袁世凯下台。

9. 屈辱的二十一条

日置益的话，句句刺在袁世凯的心尖上，袁世凯只好说再和政府官员们商量商量。而这时，时任外交总长孙宝琦听说了，立马辞职。在这种十万火急的情况下，惯于收拾烂摊子的陆徵祥不得不再次上任。

在和日置益的非正式会谈中，陆徵祥的态度是等到大战结束后，再由各国一起商议山东问题。这可把日本人气得不轻，他们就是趁着世界大战期间，对中国乘虚而入。如果拖到大战结束，哪里还有他们的一亩三分地？

谈崩之后，日本政府把《二十一条》刊登在新闻上，还气势汹汹地说中国毫无诚意。这下可好了，中国国民本来一直被蒙在鼓里，看到这丧权辱国的《二十一条》之后，都燃起了爱国之心。学生罢课游行，有识之士刺血上书、断指演说，老百姓拒买日货，一时间全国上下都掀起了抵制日本的浪潮。

之后召开的正式会谈中，陆徵祥代表的中国政府，只肯承认前面几条条约，对于日军修铁路、雇日本人当顾问等第五款条约，始终持强烈的反对意见。日置益只好作罢，约定改日再谈。会议开了十几次，条约内容一改再改，日置益始终不肯撤销第五款条约。此时，中日关系日趋紧张，火药味越来越浓。

江苏都督冯国璋联合十九个省份，分别写了两封联名信给中央和外交部，大意是：中国主权不可分割，军人以救国为天职，我们始终是你们的后盾。段祺瑞也表示，他随时可以率军打仗。

虽然军队里的人反对，但是真正掌权的还是袁世凯。面对段祺瑞等人主战的说法，袁世凯一一驳回，还举例甲午中日战争，说与其硬磕，不如忍辱负重。一旁的徐世昌也点头，说越王勾践也是忍辱偷生，最终三千越甲吞吴，说不定此事能激发国人的奋斗精神，反而是件好事。

民国四年五月二十五日（1915年5月25日），在双方的拉扯下，第五款条约加了个备注——日后再议，便就此定下。

合约签订之后，袁世凯为了平息民愤，发电报安抚军队，让他们协助制约暴徒。而陆徵祥呢，作为背锅的罪人，也引咎辞职。另外黎元洪、段祺瑞也发出声明，表示愿意辞职。

《二十一条》是民国成立以来，经历的第一大国耻。面对日本帝国主义的侵略，中国无力反击，懦弱的民国政府选择低头求和。结果已经一锤定音，国人只能叹息扼腕，毕竟言行稍有不慎，就会被军队安上暴徒的罪名。

就在众人都以为袁世凯吃了个大亏，会重新整顿政府官员的时候，他却仍在做着称帝的美梦。这时突然冒出一个新组织，叫筹安会，是专门捧袁世凯做皇帝的。具体如何，且看下文。

10. 袁世凯复辟闹剧

筹安会的创始人是杨度等人,在成立筹安会之前,杨度等人看到一篇文章,上面大胆地写着民主共和比不上君主立宪。这文章出自一个叫古德诺的外国博士之手,古德诺可是袁世凯的外国顾问。

杨度等人顺势专门成立了一个组织来鼓吹君主立宪制,根本目的还是想捧袁世凯当皇帝。其心昭昭,天下皆知。民间大街小巷都说袁世凯想当皇帝。袁世凯自然容不得有人谩骂他,马上派警察抓捕那些议论纷纷的人。总统一出手,大家就如同嘘声的麻雀。只有《亚细亚报》《民视报》等,还在免费为筹安会打广告。

一时间,莫谈国事成了大家心照不宣的默契。

有人模仿筹安会追捧袁世凯,也有人提笔批评君主立宪制。贺振雄曾经是湖南的革命党人,他在《顺天时报》上写了一篇文章怒骂杨度等人是误国贼,在倒行逆施。随后有一个叫李海的人,也积极提笔响应。

可惜的是,筹安会除了加强了警备,竟是丝毫不受影响的样子。创建筹安会的六人,还被美名为"筹安六君子"。

李海以前曾经是湖南省的议员,在北京还有些关系,他又马上给内务部写了封信弹劾筹安会。谁想到内务部也不买李海的账,好几天都没给苦苦等待的李海回信。而这时,时任总检察厅厅长罗文

干突然就辞职了。

原来，李海的信交到罗文干手上时，罗文干内心也有所共鸣。他把信拿给司法总长章宗祥看，没想到章宗祥不仅毫不作为，还给气愤的罗文干洗脑，让他不要多管闲事。罗文干没想到官场如此浑浊，次日便写了告假书离去了。

李海上书的最大结果，没想到是点醒了罗文干。如今官场互相包庇，丝毫没有公正的存在。归根结底，还是因为鼓吹帝制的浪潮越吹越猛。其中除了袁世凯有意纵容之外，还有另外一个推动者——袁克定。

这袁克定是袁世凯正妻之子，家中地位非同一般。袁世凯也有三妻四妾，家里除了一位正妻之外，还有十五个小妾。而这袁克定，就相当于古时候的太子。袁克定心中打的算盘是，假如老子当了皇帝，等他毙命之后，肯定是大儿子上位当皇帝，皇帝之位世世代代

10. 袁世凯复辟闹剧

流传!

袁克定把自己的太子梦告诉了生母,没想到他的母亲十分生气,让袁克定不要胡闹。袁克定在自己母亲这里碰了一鼻子灰,也不气馁,马上去求助袁世凯的第六个小妾——洪姨。

这洪姨颇有些姿色,同时还很善解人意,经常能让盛怒之下的袁世凯消气,深得袁世凯的欢心。袁克定找洪姨帮忙,是打定主意求她多吹吹枕边风。

袁克定来到洪姨面前,直接行了个叩首礼,同时嘴里大呼"母娘"二字。这可把洪姨吓得花容失色,因为她不是袁克定的生母,而只是一个身份低微的小妾。听袁克定说明来意,洪姨明白他是想借自己之口,来催促袁世凯称帝!

在袁克定一声又一声的"母娘"称呼下,洪姨不禁心花怒放,答应了袁克定的请求。

一日,等到袁世凯回府,看见洪姨正在翻看史书,便笑着问道:"你这是要做女博士吗,怎么研究起史料来了?"

洪姨故作姿态地低声说:"妾有些问题想不明白,所以才研究研究。"

袁世凯问:"你有什么想不明白的?"

洪姨说:"汉高祖和明太祖是普通的老百姓吗?"

袁世凯应声回答:"是的,他们之前都是老百姓。"

洪姨趁热打铁说:"他们是老百姓都能当皇帝,老爷你劳苦功高,难道不行吗?"

袁世凯自然知道洪姨的意思,回答说:"我也有此想法,可是时机未到,不能急于一时啊。"

"机会难得,老爷都快六十了,还打算等到什么时候?"洪姨问。

这些话说得袁世凯心痒痒,他第二天就找到了杨度。彼时的杨度尚未创建筹安会，不知道袁世凯的用意，一头雾水地来到总统府。袁世凯也跟杨度咬耳朵，密谋鼓吹帝制的事情。杨度虽然私底下暗暗行动，但是明面上还是不敢太过声张。他和袁世凯前一晚的想法如出一辙，都认为时机不成熟，因为当时正值"一战"期间，日本人把中国盯得很紧，中国如果有任何的风吹草动，日本很可能会趁乱插手。而且，恢复帝制也需要一笔经费。

袁世凯当然不会拿洪姨劝说他的话，来鼓励杨度。他第二天就给了杨度一张二十万的银票，还让古德诺写了鼓吹帝制的文章。杨度等人假意开窍，成立筹安会，制定章程，把拥护帝制的想法公之于众。

可怜的李海，并不知道自己弹劾的筹安会，实际上的幕后黑手正是大总统袁世凯。而那一开始写文章批判筹安会的贺振雄，后来也十分戏剧性地加入了筹安会。原因是没有工作，甘愿在筹安会领每个月六十金的薪水。

有迫于生计低头的，也有坚持抨击帝制的。北京的治安维持会、上海的共和维持会应运而生，都主张反对帝制。不仅仅是民间，连政府都分成了对立的两派。其中最为典型的，当数徐世昌。

徐世昌是前清的旧臣，曾经的职位可以说是和袁世凯平起平坐。如今袁世凯不仅当了大总统，还隐隐有称帝的趋势。而徐世昌也是个圆滑至极的人物，自然是要试探一番袁世凯的本意。

徐世昌去了袁世凯府邸，两个人寒暄一番，徐世昌便忍不住问了句："总统觉得是民主好呢，还是君主好呢？"

袁世凯笑着反问："你以为呢？"

徐世昌接着说："无论是什么体制，都是可以的。不过还是要看时机，时机对了，就是好的。"

袁世凯又问："那据你所看，现在是什么时机？"

徐世昌说："我们国家一直适用的便是君主制，不适用民主。不过民国初立，全国人心都倾向于民主，依我看，还是要再看看再说。不过，杨度等人组织筹安会，已经引起了大家的不安，这大概是因为时机不对。"

袁世凯听了，脸色一下子变得十分难看，说："杨度等人的意思，不过是研究研究，又没有施行，那些反对的人反对什么呢？难道这几个人的反对就算是公论了吗？况且我的本意并不是要做什么皇帝，就是这个总统的位置，我也可以不当。我都五十七了，回家养老消遣不好吗？"

徐世昌听了，笑着说："杨度等人开会，外边都以为是总统的意思，所以才以讹传讹。我们跟随总统多年，还不知道总统的心意吗？就是怕其他人会生疑啊，还请总统明示，方能安定人心。"

徐世昌说着，有意无意地提到陆军总长段祺瑞，说他现在对袁世凯起了疑心。果不其然，袁世凯勃然大怒，推行帝制的事情也暂时搁置了，一心一意要把段祺瑞收拾掉。

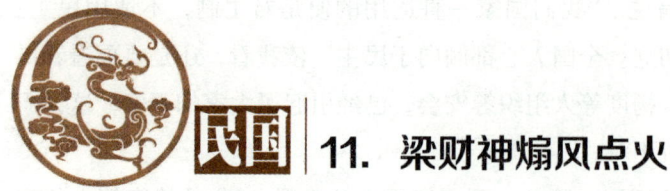

11. 梁财神煽风点火

话说这段祺瑞,也曾经被袁克定拉拢过。但是段祺瑞是个硬骨头,直接一口回绝了,闹得袁克定很不痛快,在心里记了仇。段祺瑞兵权被撤,行动受限这件事,和袁克定的煽风点火脱不了干系。

前段时间民国政府不顾国内呼声,坚持签订了丧权辱国的《二十一条》。当时段祺瑞曾经上书主张反击日本人,被无视了。他这个陆军总长当得也不痛快,几次想要辞职,但是袁世凯都没批下来。

是袁世凯舍不得段祺瑞吗?其实不然。袁世凯和段祺瑞早已貌合神离,只不过袁世凯找不到人顶替罢了。而这时,袁克定给老父亲带来了一个好消息:各省对于筹安会都没有异议,帝制或许可以实行。袁克定拿出几份电报,上面正是劝说立刻实行君主立宪的建议,落款是各省长官、商会会长。

袁克定在旁边满心欢喜地等待着老爹的赞赏,没想到的是,袁世凯狠狠地把电报扔在地上,脸上阴云密布,说:"这都是些书呆子,只会咬文嚼字,有什么用?你以为各省军官复电赞成就算是成了?连我身边的段祺瑞都不肯助我一臂之力,你以为这事情能成功吗?"

袁克定急忙说:"陆海军权都在大元帅手里,老段不同意又能怎么样?要不就想个办法把他赶走。"

袁世凯说:"我正在考虑这件事,就怕把段给撤了,上来的人

11. 梁财神煽风点火

压不住那群兵，到时候酿成兵变，又该如何收场？"

袁克定趁机推荐王士珍当陆军总长。这王士珍以前在清朝当过官，官职比段祺瑞还高，也跟段祺瑞前后脚做过江北提督。老百姓还给他们两人取了个称号，名为"王龙段虎"。由此可见，王士珍的影响力并不低于段祺瑞。只不过清朝瓦解之后，王士珍退隐家乡。请王士珍出山的任务，袁克定主动揽下了。

在听了袁克定的来意之后，王士珍马上以年老体衰为由拒绝了。袁克定没有办法，只好请自己的父亲帮忙。于是袁世凯写了一封信，力请王士珍出山。袁克定拿着信到了王士珍的家里，"扑通"一声，跪在了王士珍的面前。

饶是王士珍再怎么抗拒，面对袁氏父子如此猛烈的攻势，也不得不妥协。于是，袁世凯痛快地撤了段祺瑞的职，又马上让王士珍当陆军总长。军事方面暂时没有异动了，剩下的最大难题，就是财政。

推行帝制并不简单，一举一动都需要花钱。可是这钱怎么来呢？就在袁世凯苦恼的时候，秘书长梁士诒（yí）粉墨登场了。

梁士诒是总统府的秘书长，也是袁世凯的智囊团团长。袁世凯眉头一皱，梁士诒就知道袁世凯在苦恼什么了。如此机智的人，自然会得到袁大总统的器重。因此，梁士诒也凭借着袁世凯的庇护，紧紧地抓住了民国政府的财政大权。

更夸张的是，无论政府的财政总长怎么变更，都变不了他们是从梁士诒手里出来的人。因此，梁士诒还有一个喜气的外号，叫"梁财神"。

而此时，梁财神跳了出来，对袁世凯保证自己能解决他的问题。梁财神是真的要自掏腰包吗？当然不是。梁士诒有更疯狂的做法，那就是：滥发纸币！当时北京有中国银行和交通银行，都归政府管。梁士诒打算让这两家银行印发大量的钞票，然后把大部分钞票都拿

给袁世凯推行帝制使用。

这样的馊主意,按照今时今日的说法,会直接导致通货膨胀和泡沫经济。但袁世凯一心扑在帝制身上,哪里会在乎普通老百姓死活?对于梁士诒的提案,袁世凯高兴地答应了,还提高了梁士诒的待遇。

话说军权稳定,金钱有保障了,但是占中国人数最多的不是他们这群当官的,而是千千万万的老百姓,老百姓不同意的话,袁世凯的皇帝大梦肯定是做不成的。

于是乎,接下来最紧要的问题,就是民意。

而这个问题,到了梁士诒那里,又被轻松化解了。按照梁士诒的想法,既然不能对抗民意,那么就利用民意。怎么个利用法呢?原来,梁士诒一方面联系参政院,另一方面组织公民请愿团。参政院是代表民意的上级机关,而公民请愿团就是下级机关。两两勾结,

11. 梁财神煽风点火

民意就牢牢掌握在政府手中了。

对于梁士诒损人利己的阴谋,袁世凯自然是点头如捣蒜,把这件事全权委托他处理。梁士诒马上找到沈云霈(pèi)、张镇芳等人,密谋请愿的事情,这几人代表着参政院,如果由他们来动员,势必一致通过。而公民请愿团,梁士诒计划无论男女老少任何职位,都可以申请入会。公民请愿团和筹安会类似,都是在全国各地设立分会。梁士诒的想法是要力压筹安会,把推行帝制的功劳都独揽。他作为总统的秘书长,不方便当公民请愿团的会长,便推荐沈云霈当了会长。

不只是梁士诒想要和筹安会争功劳,湖北都督段芝贵也蠢蠢欲动。段芝贵是个极有眼色之人,以前投奔过袁世凯,还认袁世凯当义父。因为平定二次革命有功,袁世凯直接安排他顶替段祺瑞到湖北当都督。段芝贵号召了数十人,成立了个请愿团,也想

鼓吹帝制。

而此时，筹安会已经发现了段芝贵的请愿团，在筹安会和公民请愿团之间，段芝贵果断选择了梁财神。于是，两个请愿团合并成请愿联合会。

梁士诒的大计，至此已经成功了一半。

12. 梁启超笔战请愿团

公民请愿团成立后,面临的第一大问题就是人选。说是收集民意,但是中国人有四万万之多,难道每一个人都要在请愿书上面签字吗?段芝贵给出的建议是,找各省的乡绅联名请愿,就当作是民意了。

梁士诒仍旧觉得麻烦,本来请愿团就是做做形式,何必真的兴师动众。他认为北京的官员都是各省显赫之人,让他们把自己亲朋好友的名字填到请愿书上面,就算作各省民意了。

之后,请愿书就像雪花一样飘进参政院,沈云霈等人应接不暇。袁世凯非常高兴,让时任参政院院长黎元洪汇总进呈,好体现一番请愿的"民意"。彼时黎元洪处于被软禁的状态,不能管手底下这批人不说,还要狼狈为奸,气得直接辞职。可袁世凯并不同意。

请愿之风在梁士诒的操作下,愈演愈烈。而这时,一篇名为《异哉所谓国体问题者》的文章横空出世,矛头直指袁世凯等人。写这篇文章的人,正是赫赫有名的梁启超!

话说这梁启超,前清时期曾经和康有为组织过戊戌变法,民国初期任司法总长,后来在参政院做了参政。他发现袁世凯对复辟帝制有想法,便终于对他完全失望。

梁启超辞职后,洋洋洒洒写了篇一万来字的文章,堪比一本短篇小说。本来梁启超就擅长写作,这次写的文章更是呕心沥血,行

文逻辑滴水不漏。这番操作下来，饶是梁士诒、杨度等人，也瞠目结舌。

无奈之下，袁世凯和梁士诒商量着，让杨士琦到参政院，代表总统反对帝制。参政院的人看到杨士琦来了，正摸不着头脑呢，就听到杨士琦代总统读宣言书，意思是反对帝制。杨士琦这边读完，梁士诒那边抢着说君主立宪是民心所向，参政院尊重民意。梁士诒还没坐下，沈云霈也附和，说如果请愿书不绝，就得再想想办法。

这些人一唱一和，在场的人都清楚是怎么回事。黎元洪坐在场上，也只能当个装聋作哑的泥菩萨。

几天后，全国各地的请愿团如同雨后春笋一般崛起。像商会请愿团、教育会请愿团、北京社政进行会等团体，层出不穷。令人瞩目的是妇女请愿团，发起人名叫安静生。这安女士早年在海外留过学，知书达礼不说，还颇有交际手段，极力推行男女平权。安女士时任

12. 梁启超笔战请愿团

北京一女校校长，便乘着帝制之风，自主创建了一个妇女请愿团。

收集了社会各界的请愿书之后，参政院陆续开了几次会议。面对是否变更国体的问题，议员们在梁士诒的主张下，一致决定另选代表举行大会决定国体问题，会议叫国民代表大会，章程叫国民代表大会组织法。

参政院的文件递交到袁世凯手上，袁世凯看得眉开眼笑，当即决定让梁士诒和江朝宗去逼宫。前面已经逼宫过一次，结果是皇室得到了优待政策。而这次的逼宫，是为了让皇室撤掉帝号。先前的优待政策中有"保留帝号"这一条，如今袁世凯的做法相当于出尔反尔。

梁士诒来到紫禁城，世续表示自己不能做主，要和太妃商议。一连等待了几天，都没能出个结果。梁士诒便知道自己逼宫无果，而这时，却传来了庆亲王奕劻身亡的消息。袁世凯也很疑惑，问道："什么时候逝世的？我没听说他生病啊，怎么这么快就死了？"

梁士诒说："听说是前几天为了废帝号的事情，当时我入宫和清室商议，他们听了后哭成了一团，想必是这个老头子伤心过头，回家呕血，就断气了。"

袁世凯说："这个老头子还拥护清室吗？"

梁士诒说："他愿不愿意撤销帝号我不知道。"

袁世凯又说："我只是让他撤销帝号，又不是抄这个老头子的家，他伤心什么？"

梁士诒说："这也怪不得他，之前有优待条款，现在要他们撤销帝号，他们应该是担心优待条款无效，所以才伤心欲绝。"

袁世凯想了想，说道："天无二日，民无二王，我要是称帝，难道溥仪还能称帝吗？"

袁世凯一时间也没了办法，不过他有智多星梁士诒。梁士诒也

是个随机应变的人，既然硬的来不了，那就假意保留帝号，让清王室协助袁世凯称帝。称帝之后，再顺理成章撤销帝号。袁世凯一听，高兴得直拍大腿，恨不得给梁士诒多发几个月工资。

前有隆裕太后泪洒文书，今有庆亲王吐血身亡。封建帝制的下场如此凄凉，袁世凯还在谋划复辟美梦。

撤销帝号的事情暂且搁置，国民代表大会又如日中天地举办了起来。筹安会和联合请愿会，早已成了往日的风景。在筹安六君子中，杨度和孙毓筠见风使舵投靠了梁士诒，其余人都渐渐销声匿迹。梁士诒作为袁世凯的秘书长，一举一动都备受关注，一时间风头无两。

13. 蔡锷博取袁世凯信任

帝制之风盛行期间,袁世凯有几个老部下对于当下的情况心知肚明,都纷纷交了辞职书,脚底抹油一走了之。

其中,时任农商总长张謇(jiǎn)出于好意,写了封信给袁世凯,规劝他放弃称帝美梦。张謇曾经当过袁世凯的老师,说话从来都是直来直去的。袁世凯以前就不喜欢张謇,现在做了大总统,面对张謇的苦口婆心,也一样不管不顾。

北京政府的人要么鼓吹帝制,要么主动辞职。而前清旧臣徐世昌时任国务卿,虽然难以脱身,但是也时刻关注着昔日同僚的后续动态。没想到的是,徐世昌一打听,竟然听到了段祺瑞遇刺的消息!

段祺瑞自打解甲归田之后,每天就过着养老的生活,赏赏花、下下棋,蛰伏不出。可谁知,在一个看似平静的夜晚,一个刺客忽然闯进段祺瑞的房间里,吓得段祺瑞"砰砰"连开两枪。打死刺客之后,段祺瑞不但没有追查刺客的身份,反而让仆人不要声张,让遇刺一事悄无声息地被掩盖过去。

可是前陆军总长遇刺这件大事,哪里能瞒得住?一时间,京城就把段祺瑞遇刺一事添油加醋,传得沸沸扬扬。而段祺瑞就好像没事人一样,找了个隐蔽的地方定居,再也没传出什么消息。

山东将军靳(jìn)云鹏之前拥护过段祺瑞,如今段祺瑞遇刺,

明眼人都知道幕后黑手是袁世凯，靳云鹏更加急迫地寻求自保的办法。于是，靳云鹏找到江苏将军冯国璋商量对策。

而此时，靳冯结交的消息传到袁世凯那里。袁世凯本来就是个生性多疑的人，现在他又怀疑冯国璋有异心。他马上调动军队，监视靳云鹏和冯国璋的军队。即便如此，袁世凯还是不放心。因为还有一位大人物引起了袁世凯的猜忌。

这人就是前云南都督蔡锷。在之前的二次革命中，蔡锷虽然持中立态度，但是这也足够让袁世凯决定不再器重他。蔡锷自从辞职之后，就来到了北京。袁世凯每天以商讨政事为由，试探蔡锷有没有二心。

而蔡锷也是个聪明人，面对袁世凯的刁难，蔡锷故意装出小辈的懵懂，假装一问三不知。但偏偏袁世凯看穿他在遮掩自身，于是接连提拔蔡锷当官，试图通过官位来笼络他。蔡锷却总是一副平静

13. 蔡锷博取袁世凯信任

如水的样子，让袁世凯摸不着头脑。

某天，袁世凯和蔡锷聊到帝制问题。蔡锷突然说道，他本来偏向共和，但是通过二次革命的混乱，他这才发现中国不能没有皇帝。这番话说到了袁世凯的心坎里。

但是，袁世凯可没有忘记蔡锷在二次革命时中立的事情。对于袁世凯的怀疑，蔡锷不慌不忙地说道，之前因为周围都是国民党的势力，他不敢轻易表态，一切行为都是不得已而为之。

一番谈话下来，袁世凯似乎已经信任蔡锷了。而蔡锷这边，却如同步步走在刀尖上，一字一句都说得提心吊胆。为了更深层次地博取袁世凯的信任，蔡锷开始主动接触袁世凯身边支持帝制的人。像梁士诒、杨度等人，之前都与蔡锷有很深的矛盾，经过多次饮酒谈心，都打消了对蔡锷的成见。他们还时常聚在一起饮酒作乐，俨然一群好兄弟。

一天晚上，蔡锷与众人喝完酒，又谈起帝制的种种好坏，蔡锷附和说："共和不是不好，只是不适合我们的国情。"

杨度听了很是赞同："将军是梁任公的高徒，他今日一直在反对帝制，你却赞成，你这是背叛师门啊。"

蔡锷笑着回应说："以前你和我的老师都是保皇党，后来他反对帝制，你却组织筹安会赞成帝制，我倒是要先问问，你们二人谁是谁非？"

就这样，蔡锷渐渐取得了袁世凯身边人的信任。蔡锷之所以能忍辱负重，和他早年的经历有很大关系。武昌起义发生之前，蔡锷毅然决然地加入了国民党。起义的消息被泄露，身边的人被北洋军杀害，蔡锷只好逃去日本。恰逢恩师梁启超也在日本，梁启超不仅款待了蔡锷，还出钱供他去日本陆军学校读书。蔡锷立志报国，一心苦读。

从日本陆军学校毕业之后，蔡锷回国从基层军官做起，并且屡立奇功。从广西下级军官，做到云南新军协统，蔡锷付出了无数的血汗。在后面的云南起义中，蔡锷以民心所向当选为云南都督。

虽然蔡锷能在这么多位大人物之中周旋，但是他始终放心不下自己的家人，留家人在京城，就相当于无形之中给袁世凯当了人质。于是，聪明的蔡锷想了个妙招。

蔡锷先是结识侠妓小凤仙，以沉迷美色为由，整日流连花丛。如此一来，通过杨度等狐朋狗友的口述，打消了袁世凯的最后一点怀疑。蔡锷如此肆意放纵，家中正妻肯定心有不满。紧接着，蔡锷顺理成章地和妻子大吵一架，假意和妻子离婚，并且驱逐妻子出京。这一幕恰巧被袁世凯的手下看到，几个手下回去报告给袁世凯，袁世凯对蔡锷逐渐放松了警惕。

如此一来，蔡锷顺利送妻子南下不说，还博得了袁世凯的信任。袁世凯这下相信了，蔡锷并无远大志向，可以通过美色和金钱来操纵。

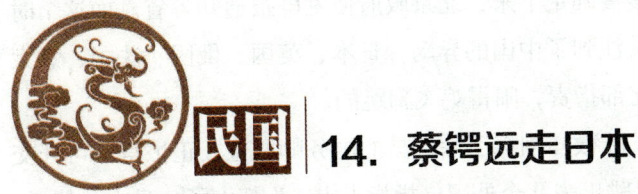

14. 蔡锷远走日本

全国各省纷纷给总统府来电,说已经筹备国民代表大会选举事宜。袁世凯对于周围的省份相对放心,而像最偏远的云南省,则是要求蔡锷写信督促。蔡锷离开总统府之后,马上写了封电报给云南将军唐继尧和巡按使任可澄两个人。电报上面只有八个大字:帝制将成,速即筹备。

这封电报,虽然蔡锷是遵循袁世凯的要求发给唐、任两人,督促他们尽早行动。但不是让他们筹备选举,相反地,是让他们筹备起义!这电报发得极其隐蔽,很难被人怀疑。发了电报之后,蔡锷让王伯群先赶往云南亲自督促起义。王伯群离京之后,蔡锷也开始密谋离京南下之事。

蔡锷等革命派暗地里有动静,而北京政府的一些官员也起了临阵脱逃的想法。像国务卿徐世昌,他虽然早就有脚底抹油的想法,但是迟迟不敢擅自离开。为此,他只好故意请病假回家。

袁世凯无奈批准了,但是只准他去天津。这是因为天津离北京非常近,徐世昌有任何的风吹草动,袁世凯都能第一时间知道。袁世凯此人疑心极重,他看到段祺瑞、张謇等人先后辞职,生怕徐世昌和这些人联合起来对抗自己。

无论如何,人员变动始终影响不了国民代表大会的举办。投票

时间、办法慢慢确定下来，北京政府便发电报通知各省。而这个时候，外国也关注到了中国的异动。日本、英国、俄国、法国、意大利轮流到外交部指责，闹得鸡飞狗跳的。

外交总长陆徵祥刚接手徐世昌的国务卿职位，正忙得不可开交呢，冷不丁又跳出来几个外国佬指指点点，头都大了。日本公使说："贵国近日筹办帝制的事情，真是忙得很，但却忽略了那些反对的人，这些人不在少数。如果施行帝制，恐怕会发生事变。现在欧战还没有打完，各国都在等待和平的到来，如果贵国出现变乱，那不仅是贵国的不幸，而且会让我们各国深感忧虑。请贵国注意，不要轻变政体。"

说完，递给陆徵祥一份文件。其他的诸如英国公使、俄国公使，都点头如捣蒜，显然是几个国家狼狈为奸。

陆徵祥无法做主，又去请示袁世凯。袁世凯丝毫没有当回事，油嘴滑舌地说现如今帝制是民意所向，谁也阻挡不了民意。陆徵祥只好也拿民意当挡箭牌，说会处理好本国的事情。

选举前半个月，又出了一件大事——袁世凯的副手郑汝成遇刺身亡！很快，刺杀郑汝成的两名凶手就被抓住了。可是无论怎么严刑逼供，两名凶手始终坚称没有幕后主谋，是代表千千万万中国人杀死郑汝成的。原来，这郑汝成平日里巴结袁世凯并不足以惹人生恨，帝制推行期间，人人都乐意做袁世凯的走狗。郑汝成便打着袁世凯左右手的幌子，到处滥杀好人，俨然一副目无王法的样子。

袁世凯命人枪毙了两名凶手，同时按照皇室惯例，追封郑汝成为一等侯爵。

郑汝成遇刺身亡没多久，筹安会日本分会负责人蒋士立也被人开枪暗杀。一连两个鼓吹帝制的人出事，袁世凯更加坚定必须马上推行帝制。

14. 蔡锷远走日本

这时,全国各省对于国民代表大会选举筹备一事都有了回复,只有云南省一直没有什么动静。袁世凯的侄子袁乃宽这时候刚好来到袁府,凑在袁世凯耳边嘀咕了句:"侄儿特地来报告一件重要的事情。"

袁世凯骂骂咧咧地说:"大声点,有什么遮遮掩掩的。"

袁乃宽这才柔声说道:"各省筹办的投票都有了结果,全都唯命是从,只有云南没有复电,想必是蔡锷和他们勾结,反对帝制,不可不防啊!"

袁世凯随即问:"你有证据吗?"

"没有。"袁乃宽老实回答。

"没有证据,你说了有什么用?"袁世凯笑骂道。

袁乃宽忽然上前说道:"搜一搜就有了!派个人去他的寓所搜!"

"要是搜不出来呢?"袁世凯沉吟着问。

"搜不出来,难道蔡锷就要问罪政府吗?"袁乃宽笑着答道。

经袁乃宽这么一提醒,袁世凯对蔡锷产生了怀疑,命人去搜蔡锷的家。正巧蔡锷当晚留宿小凤仙那儿,对于袁世凯突袭搜家一事毫无准备。谁承想,袁世凯派了十几个军警去搜蔡锷的家,如此大动干戈,搜到的却只有小凤仙的一张照片!

袁世凯派的人把蔡锷的家弄得一团糟,虽然事后有官员专门代袁世凯道歉,但是蔡锷心里清楚,袁世凯对于自己的态度已经开始摇摆。当下,最紧要的是离开北京,到云南同唐、任二人会合。

蔡锷先是装病请假,带着小凤仙去天津游山玩水。看到暗处的侦探放松了对自己的警惕之后,蔡锷又在半夜悄悄离去,踏上前往日本的邮轮,留小凤仙一人返回京城。蔡锷到了日本之后,又写信给袁世凯,说海外的同胞不同意帝制,自己要留在这里感化他们。

这一番操作下来,可把袁世凯气得不轻,马上下令如果蔡锷回国,一定要拦截他。

15. 袁世凯暗箱操作

时间来到民国五年十一月（1916年11月）中旬，各省紧锣密鼓地挑选代表，共计选出一千九百九十三个全国代表。这些代表一经选出，北京政府马上拨款，邀请他们到京城参与国民代表大会。代表们马上又坐火车来到了北京，被人好酒好肉地招待着。弄得他们受宠若惊，仿佛忘记了自己只是一粒棋子。

到了12月11日，国民代表大会召开，全国代表就国体问题进行投票。参政院外围着一群持枪的军警，参政院内聚集着一千九百九十三个全国代表。只见会场中间放了两个大箱子，左边的箱子贴着"君宪"二字，右边的箱子贴着"共和"二字。投票的时候，一群人抢着往左边的箱子挤，最后一千九百九十三个全国代表竟然全部对君主立宪制投了赞成票。

参政员杨度等人便说干脆就推袁世凯做皇帝，在场的无一人敢反对，纷纷响起雷鸣般的掌声。杨度等人又用全国总代表的名义写推戴书，那会议秘书手到擒来，马上就交出了一封内容丰富的推戴书出来。

推戴书经人朗读完毕，在场的人纷纷高呼"皇帝万岁"，整个过程不超过三个小时。而到了下午，秘书写好奏折交给袁世凯，袁世凯马上把奏折驳回，假惺惺地让他们另选皇帝。

杨度等人早就知道袁世凯会拒绝第一封推戴书,他们马上召集全国代表,简单讨论之后决定再让秘书写一封推戴书。这次秘书更加夸张,仅仅花了十来分钟时间就写出了第二封推戴书。这推戴书写了两千六百多字,通篇是劝说袁世凯当皇帝的。

这下,"民意"如此强烈,袁世凯便也不假装推辞了,开始美滋滋地准备起称帝的事宜。

而那一千九百九十三个全国代表呢,走马观花似的参与了国体问题投票。这几天的经历如同被人推着做了一场大梦,总以为自己是促成帝制的一把好手,纷纷滞留在京城,等着袁大皇帝封个一官半职。可惜的是,袁世凯利用完他们,如同扔掉用过的手纸一般,马上驱逐他们离京。

新帝登基时间定在民国五年一月一日(1916年1月1日),在此之前,袁世凯做了不少的准备工作。一方面,继续派军警镇压暴民;

15. 袁世凯暗箱操作

另一方面，接连颁布十几条命令，安抚离职官员、在职官员、清王室等各方势力。

除此之外，袁世凯还是碰到了老问题——缺钱。好在袁世凯的老婆儿子们纷纷捐款给袁世凯，想着等到他称帝之后再慢慢收回来，可谓是做着小投资高回报的美梦。这些人每个都捐款一万元，共计捐款四十二万元。

这批款项被用来购置服装，但是袁世凯素来有铺张的习惯，皇帝穿的龙袍和众妃穿的象服必须极尽奢华。四十二万元巨款，也仅仅只能付个定金。捉襟见肘之际，梁财神又出来救场了。他大手一挥，直接拿出了五百万元，解决了登基典礼的资金问题。

这头有梁财神出钱出力，那头有安女士巧计捞金。

这安女士是怎么个情况呢？原来，之前袁世凯颁布的命令中，有一道是女官令。安静生组织过妇女请愿团，又是女校校长，自认为风头无两，便来到了袁府毛遂自荐。安女士先是笼络了袁世凯的妻妾，有了她们的帮衬，便轻而易举地当上了女官长。

安女士当了女官长之后，马上颁布了女官章程，一时间无数女子蜂拥而至。而安女士又另辟蹊径，收取各女子十元报名费，不合格不退，即便是合格了，也要再交一百元的入宫费。其中支付给女官们的俸禄，安女士也要从中抽取一部分。安女士赚来的钱，一半上交给皇妃，以此贿赂她们在袁世凯面前替自己多美言几句。

可谓是尚未称帝，便已经闹剧频出。

而这时，蛰伏已久的云南，突然给北京政府下了最后的通牒。

16. 云南独立

话说这蔡锷，假托到日本治病后，常寄书信给袁世凯汇报情况，好使对方放松对自己的监视。后来，蔡锷一连写好十余封书信，拜托友人分次寄出，自己以此为掩护，先行回国。

回到云南后，唐继尧等人早已准备好一切行动。蔡锷先是让唐、任二人写电报给袁世凯，叫他马上取消帝制。可谁知，袁世凯这时候却糊涂起来，反而茫然地问起电报的真假。

此时蔡锷业已到了云南省城，部下出城迎接。寒暄过后，蔡锷便问起军备的事宜。唐继尧回答说："已经准备好了，专等你来起事！"

蔡锷又问："军饷和枪械准备好了吗？"

唐继尧回答说："除了本省的库款和军械外，还有华侨捐助的六十万元，安南也有军械运过来，差不多能用半年。"

蔡锷说："袁世凯叛国，大家都很愤怒，半年以内就能解决掉他，事情不能再耽误了，赶紧宣布云南独立吧！"

于是，唐继尧在发电报的两天后，直接宣布云南独立。云南独立之后，云南军改名为护国军，护国军总司令由唐继尧担任。护国军分为三支队伍，第一军由蔡锷率领，从四川出发进攻湖南、湖北；第二军由李烈钧率领，从广西出发进攻广东、江西；第三

16. 云南独立

军由唐继尧率领,作为后备军镇守云南。

消息传到北京政府,官员们对云南这批护国军不以为然,认为也同二次革命一样,过几个月就悄无声息了。而袁世凯却非常后悔放走蔡锷,连忙命令陆军第三师长曹锟率军守住湖南,命令四川将军陈宦派人守住叙州,以此阻止护国军进一步北上。

同时,袁世凯软硬兼施,先后发来两封电报,一封希望同云南再讨论国体问题,另一封则是强烈谴责蔡锷,言语之间大有抓主谋不抓共犯的意思。可谁知护国军并不理会袁世凯,袁世凯气急败坏之下,立刻撤了唐、任等人的职位。这头撤职,另一头却升官加爵。同在云南的张子贞和刘祖武,明明都参与了护国军一事,却一个被安排代理云南军务,一个被安排代理云南巡按使。

可谁知,这两个硬汉子非但不领情,反而斥责袁世凯逆天道而行,声讨袁世凯的称帝举措。袁世凯卖人情不成,反碰了一鼻子灰,

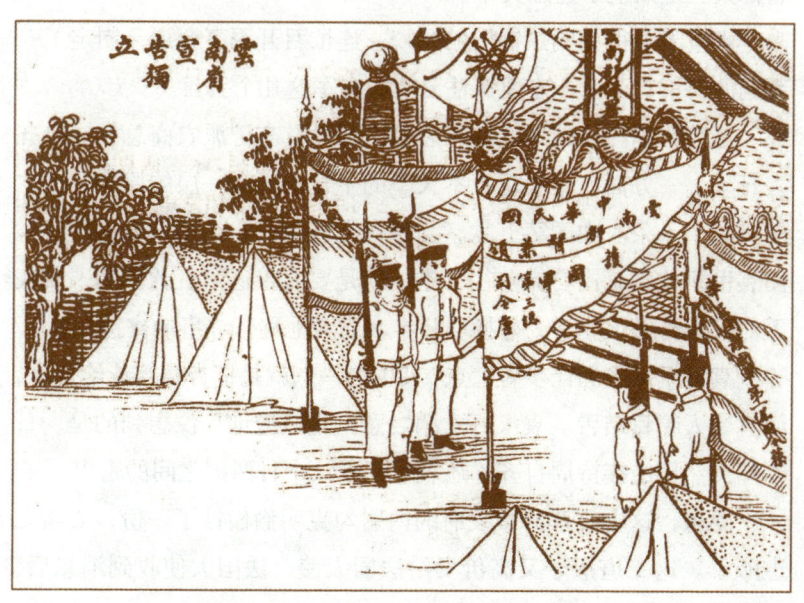

如同无头苍蝇一般乱撞,又打起了外国人的主意。他找到英国大使和法国大使,想让他们帮自己干涉云南独立。但是这两个国家的大使都不想蹚这趟浑水,支支吾吾地拒绝了。

云南出了这么一场变故,袁世凯也不敢贸然登基。到了原定登基的这天,袁世凯只是宣布把民国改成洪宪,登基一事却搁置了,只敢和一众臣子、小妾在总统府上偷偷摸摸地庆祝一番。

就在同一天,云南政府也成立了,并且按照民国政府的旧制度重新选举了都督。唐继尧作为云南都督,当天发表誓师宣言时,受到了无数云南老百姓的拥护,许多人高呼着"民国万岁"。压抑许久的民意,在此刻尽数宣泄。

之后,唐继尧写了封讨袁书,并且公之于众。讨袁书洋洋洒洒数千字,细数袁世凯的十九条大罪,令看的人无不为之拍手称快。而像满、蒙等偏远地区,袁世凯的黑手伸不到的地方,则是大街小巷都大胆地贴上了这篇文章。

袁世凯急得如同热锅上的蚂蚁,连忙召开军事会议,制定了一系列的对策,下令一定要抓住云南护国军这几个头目。

这会儿国内正硝烟四起,袁世凯却没有忘记派农商总长周自齐去日本。一方面,是庆祝日本天皇的生日。更深一层的原因是,之前《二十一条》中的第五款,当时存在着争议,约定"日后再议"。而袁世凯此番派周自齐前往日本,就是要完善这第五款条约,私底下对日本再做出让步,好换取日本政府对他称帝一事的支持。

袁世凯做出的让步有七点,其中第一点就是把吉林割让给日本,简直令人瞠目结舌。袁汉奸卖国之意,难以掩饰!没想到的是,日本却突然拒绝接待周自齐,还表示不承认中日两国之间的密谋。

原来,这中日草约被袁府的内尉勾克明偷偷抄了一份,卖给二道贩子。这二道贩子又高价卖给法国大使。法国大使收到消息后,

16. 云南独立

马上通知了英、美、俄、意四国大使。当时协约国之间有一个规定，那便是不得私底下签订协议。他们抓到日本的把柄，马上去质问日置益。日置益面对五国的质疑，当然只能满口否认。

因此，这中日草约便告吹了，袁世凯的卖国之举得以被制止。

谁能想到，袁世凯的卖国计划虽然告吹，但是消息泄露出去之后，有人越看他越不顺眼，竟然直接埋了几十颗地雷在袁世凯家门口！这个胆大的人是谁？他和袁世凯又有什么关系呢？

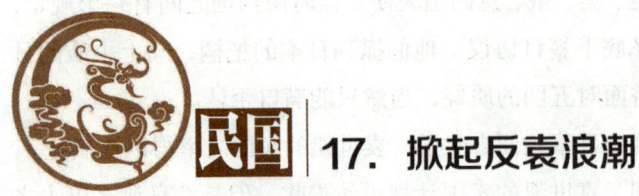

民国 17. 掀起反袁浪潮

袁世凯被自己人泄露国家机密，却找不到泄密者，正急得抓耳挠腮呢。这会儿，段芝贵却又带来一个更坏的消息：袁瑛秘密邀请张作霖起义！起义目的，当然是逼袁世凯下台。

张作霖参加过甲午中日战争，是东三省的地头蛇将军，在全国都赫赫有名。而袁瑛是袁乃宽的亲生儿子，平时就看不惯父亲巴结袁世凯的行为，经常偷偷地跟一些革命党人混迹在一起。

袁瑛联合各省，想要发动兵变，没想到张作霖直接把他举报了。袁瑛也是个急性子的青年，事情未成，就先在宫廷内外埋了几十颗地雷，把袁世凯吓得大惊失色。而后，袁瑛又写了封警告信给袁世凯，大意是袁家出现了袁世凯这么一个卖国贼，他袁瑛要替老祖宗替天行道！

可谁知，理想是丰满的，现实却异常骨感。袁瑛还未闹出更大的动静，便被人抓了起来。按理说，儿子犯事，父亲难逃责任。袁世凯当即将袁乃宽唤来，袁乃宽见到袁世凯，"扑通"一声跪倒在地，连连求饶。

袁世凯愤怒地问："袁瑛是你的爱子吧？他和奉天的张作霖勾结在一起，要图我性命，是不是你纵容的？"

袁乃宽一听，吓得魂魄都不知道飞哪里去了，连连磕头，求饶道:"臣不知道这件事啊!"

话没落地,一张纸落在了他面前,捡起来一看,正是袁瑛的字迹,顿时吓得瘫软在地,嘴里不断说着自己该死。

袁世凯缓和了一下神色,问道:"袁瑛在家里吗?"

袁乃宽一边磕头,一边哭着说:"逆子一向四处游荡,整日不在家中,臣担心他闯出祸事,让人去寻他,寻回来少不了一顿训斥,可是他总是不听。这几天都没见他,没想到竟然闯出这么大的祸事来。如果陛下怀疑臣和他有密谋,臣哪怕失心疯也不会这么干啊!陛下对我恩重如山,臣不知道该怎么回报陛下,怎么会行这大逆不道的事情呢?"说着,鼻涕眼泪全落了下来。袁世凯见他这副模样,也消了气,只让袁乃宽赶紧把儿子抓回来,免得继续丢他们老袁家的脸面。

袁乃宽捡了一条命,急忙谢恩离去。

又过了几天,时任步军统领江朝宗接到袁世凯的密令,要他去捉拿沈祖宪和勾克明。密令中什么原因也没说,江朝宗便自顾自地认为这两人是袁瑛共犯。江朝宗赶去两人住所,翻到一张盟约单。上面都是一些政府重要官员的名字,大部分人都借住在交通次长麦信坚的家里。

江朝宗不假思索,直接到麦信坚家里抓人。嫌犯们一头雾水地来到衙门,都不知自己犯了什么事。江朝宗拿袁瑛一案逼问他们,他们更是一问三不知。江朝宗实在没有办法,便只好把他们带到军政处处长雷震春那里。

雷震春一看盟约单,马上明白了这群人只是拜把子兄弟,和袁瑛没关系,袁瑛的名字都不在那上头。但是江朝宗是个急性子,看到雷震春慢悠悠的态度便心生不满。两人争执几句,竟然直接扭打了起来!

还是段芝贵等人及时赶到,才把事情说清楚了。原来,袁瑛一案是他自己胡闹,而勾克明一案,则是更为严重的外交机密泄露案件,两者性质、嫌犯都不同。

即便如此,最后这两批人还是都放了。理由是事出有因,查无实据。

袁家人窝里斗的事情刚结束,边界又出了一件令袁世凯气吐血的事情。原来,先前有个掌管贵州的巡按使叫龙建章,他知道护军使刘显世和云南私联之后,不敢牵扯其中,假意称母亲生病,溜之大吉。北京政府回电龙建章,让他不要临阵脱逃,还命令他出省督军。

龙建章看到回电时,行李都收拾好了。中央不是让他出省督军吗,他便趁此机会顺理成章地把巡按使的印章交了出去。自己则真出省、假督军,拍拍屁股直接溜了。贵州的其他大官,听说巡按使龙建章逃跑了,也跟着逃了。

如此一来,巡按使的职位落在了刘显潜手里。刘显潜是谁?刘显世的亲兄弟!这下可好,贵州彻底落在了两兄弟的掌控中。

云南独立,贵州动荡,明眼人都知道这都是因为袁世凯执意称帝而引起的。一时间,军警两界一起致电北京政府和全国各大省份,请求另外再开一次国民代表大会,重新决定国体。到手的皇帝,袁世凯哪能说让就让?他没有理会这一请命,而是联系刘显世两兄弟,让他们等援军。

贵州偏远,力量弱小。刘显世也是个聪明人,发了封电报给袁世凯,说非常愿意带兵攻打云南,但是要军费三十万。乱世之中,难得有临危不惧迎难而上之人。袁世凯深信不疑,马上汇款给贵州军。

而这时,云南军攻打到四川,四川总司令伍祥祯早就和唐继尧有约定,假装不敌云南军节节败退,让出叙州。云南军攻下叙州,

17. 掀起反袁浪潮

轻轻松松地朝着贵阳前进。

正巧,镇守在贵州的刘显世也刚好收到袁世凯的三十万军费。前有云南同盟军,后有巧获的三十万军费,贵州军士气大涨。刘显世被推选为贵州都督,宣布贵州独立。

自此,云南和贵州联合起来,共同北伐。

蔡锷率领护国军来到四川永宁,这里是四川第二师师长刘存厚的阵地,刘存厚先前有意和云南护国军合作。护国军一到,刘存厚果然马上退兵。收到蔡锷的讨袁邀请之后,刘存厚自称四川总司令,宣布四川独立。

而此时泸州城的总司令冯玉祥已经调兵支援叙州。泸州城此时没有军队镇守,刘存厚借机占领泸州城。冯玉祥的援军从叙州退兵,碰到刘存厚的军队,也只能举白旗投降。由此,四川南部也成了护国军的领地。

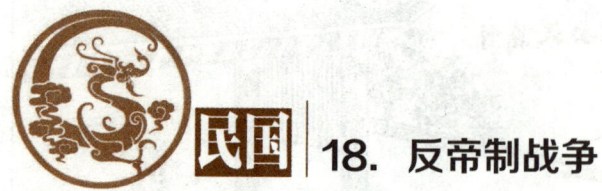

18. 反帝制战争

袁世凯面对西南战乱,又开始头疼起来。袁世凯本来想直接让广西将军陆荣廷攻打云南,任命广东第一师师长龙觐(jìn)光为云南查办使。但是他很清楚,陆荣廷经由岑春煊一手提拔。而岑春煊在当大元帅的时候,又是袁世凯的死对头,战败才投降。袁世凯因为这一层关系,怕陆荣廷不听指挥不说,很可能还会跟着起义。

因此,袁世凯决定反其道而行之,让龙觐光作为主力军,陆荣廷作为后备军。

就在这时,国民党人纷纷响应云南号召。其中,曾在二次革命中保持中立的前广东都督陈炯明,更是号召革命党人联合起来,派兵攻打广东惠州。广东一面要抗击敌人,一面还要派出援兵,十分吃力。

龙觐光十分庆幸广东将军龙济光是自己的弟弟,有求必应,才不至于那么狼狈。而自己的儿子又是陆荣廷的女婿,想必陆荣廷会给自己几分面子。没想到等龙觐光到了广西南宁,发现陆荣廷竟生了重病,略微寒暄过后,陆荣廷有气无力地说道:"兄弟近日患了心病,白天不得安宁,晚上睡不着觉,精神一直不大好,亲家翁此番前来,有失远迎啊。"

龙觐光问:"找有名的医生看过了吗?"

陆荣廷摇摇头说："医生看过几次了，药喝了不少，就是没效果。"

龙觐光担忧地说道："眼下云南和贵州有兵变，你这里是要冲，我还要全仗你来协助，可你这身体又不好，这可怎么办好呢？"

陆荣廷说："我也为这件事烦躁呢，医生要我调养身心，不能操心。正好，我把一切军务交给你来办，我向上头请几天假，养养身体。"

龙觐光着急起来，说道："我带来的士兵不过三四千，目前还要招兵，想必亲家翁能为我接洽接洽。"

陆荣廷想了想，过了好一会儿才说："招兵的命令是接到了，可惜一直在生病，也没顾得上这件事，我委托了王祖同去募兵，你去跟他谈谈吧。"龙觐光只好连忙找到王祖同，一打听才知道，王祖同根本还没开始招兵！

原来，招兵需要军费，而王祖同手头上没有备用金。龙觐光急着用兵，没想到广西不但交不出士兵，连招兵一事都还没开始进行。即便是气得牙关紧咬，也无可奈何。

其实，广西拖延招兵，是陆荣廷在暗中操作。他早就收到了岑春煊的电报，暗地里准备着广西独立。但是广西和贵州情况一样，地广人贫。广西军军饷不足，加上陆荣廷的亲生儿子陆裕勋在北京当官，不能轻举妄动。于是，陆荣廷装病在家，敷衍了事。

等北京政府的款项拨到，最着急的龙觐光便马上贴出招兵启事。可惜效果甚微，前来报名的人寥寥无几。但是事不宜迟，龙觐光招募到四千名新兵，加上带来的广东军四千人，兵分五路攻打云南。

看到龙觐光有所行动，袁世凯以为广西已经稳妥。这时候，袁世凯忽而想到一个沉寂许久的人——冯国璋。先前袁世凯曾邀请冯国璋到北京当参谋总长，冯国璋称病请假，迟迟没有动静。袁世凯疑心重，派了蒋雁行前往南京监督冯国璋。

面对蒋雁行的询问，冯国璋也没有藏着掖着，他大大方方地表示自己反对帝制。这下可好，袁世凯直接下令，由镇守使王延桢暂时代理南京将军实务。这个消息惊动了许多军界的大人物，他们纷纷密电袁世凯，劝他留住冯国璋，以保东南地区的稳定。

袁世凯转变了想法，另派阮忠枢去公关张勋。张勋这人曾做过清朝大臣，是个不折不扣的保皇派。他虽然做了长江巡按使，对袁世凯做做表面功夫，但是对于袁世凯推行帝制还是有很大的怨念。

阮忠枢到了张勋府上，被好酒好肉招待。一番觥筹交错下来，阮忠枢非但没有达成笼络张勋的目的，反倒是听张勋说了不少袁世凯的坏话，垂头丧气地离开了。

袁世凯本来算盘打得很响，他想组织征滇第二军，其中就需要张勋抽出十个营的士兵。没想到张勋只肯镇守本部，一个兵都不想出。除了张勋之外，其他省份的将军的回话也如出一辙，都说人手不够。

无奈之下，袁世凯只好招募起士兵来。三个月过去，袁世凯调遣和招募到的士兵有将近十万人。这十万士兵由曹锟统领，五万沿线防守，五万做战斗兵，其中两万攻打四川，三万攻打湖南，而此时，云南军、贵州军的人数加起来还不到三万，双方人数悬殊。

蔡锷率领的护国军到了四川，听说曹锟带兵来到四川，马上命令手下拦截。但是曹兵人数众多，打得护国军节节败退。蔡锷只好死守永宁，不再正面对抗。而这时，冯玉祥的军队攻下叙州，张敬尧的军队攻下泸州，四川眼看着就要被这群精兵占领。

在听说了四川的捷报之后，马继增也打算乘胜追击直逼贵州。到了辰州之后，马继增却突然中毒身亡，而且找不出凶手。贵州、湖南都暂时按兵不动，龙觐光继续派前锋李文富攻打云南。

18. 反帝制战争

此时的云南兵力匮乏,即便是请求支援,援军也要好几天才能赶到。孤立无援的云南护国军,一连被龙觐光攻下好几个要塞。远在北京的袁世凯听说了此事,不等完全战胜,便高兴地赏赐了几个军官。这批人得到赏赐,更加士气大涨,恨不得马上把云南军杀个片甲不留。

就在龙觐光的部队乘胜追击之时,身后的广西省却发生了一件大事,差点要了龙觐光的性命。

19. 陆荣廷起义

陆荣廷称病告假期间，通知了儿子陆裕勋来探望自己。表面上是想念儿子，实际上是找个借口把陆裕勋从北京调离。但陆裕勋在半路上，竟然病死了。

面对袁世凯的慰问，陆荣廷不动声色地表示谢意。同时，陆荣廷表示出攻打贵州的强烈决心，跟中央索要一百万军费、五千支枪。这些要求袁世凯一一满足，还封陆荣廷为贵州宣抚使，又让第一师师长陈炳焜（bǐng kūn）暂代广西将军一职。

这时，梁启超赶往广西。他本意是劝说陆荣廷起义，没想到陆荣廷和陈炳焜一样，都早已决定起义。陆荣廷当即安排兵分两路，一路由马济率领六千士兵进入百色，对外宣称攻打云南，实际上是准备伏击龙觐光。另一路由他本人亲自带领前往柳州，对外宣称攻打贵州，实际上是进攻湖南。

紧接着，李烈钧收到陆荣廷的消息之后，马上让黄开儒率第一梯团进攻李文富。唐继尧派黄毓（yù）成率第三梯团攻击龙觐光右面。

而龙觐光看到马济的军队之后，不疑有他，直接调到了前锋李文富的部队。这时，马济部队突然倒戈相向，把李文富部队杀得措手不及。龙觐光的援军赶到时，也只能边打边退，退回了百色。

此时，龙觐光的军队被护国军包围，已经是四面楚歌。

19. 陆荣廷起义

龙觐光不得已之下，只好动用自己和陆荣廷的亲家关系，让陆荣廷的妻子替自己求情。停战几天之后，陆荣廷派人传来消息，要求龙觐光缴械投降。大难临头，龙觐光为了保命，不得不按照陆荣廷的要求来做。

经此一役，陆荣廷缴获了四十架机关枪、十门大炮、五十支步枪、二十万元。另外，投降的士兵都派到马济手下，可以说是战果颇丰。

龙觐光战败的消息传来时，已经是半夜了。袁世凯正给洪姨过着生日，和众妻妾在打麻将，冷不丁看到战败的电报，一张脸瞬间垮了下来。

这电报是广西发出的，内容非常简单，让袁世凯二十四小时之内就帝制问题回信，还是坚持推行帝制的话，广西马上独立。袁世凯当下无法决定，便打算次日叫人开会。

话又说回来，那王祖同本来是袁世凯派去监督陆荣廷的，现在电报上却出现了他的名字。袁世凯不相信王祖同会背叛自己，发了封电报过去询问情况。王祖同也第一时间回电，说陆荣廷已经独立，让袁世凯妥善处理。

又过了几天，陆荣廷被推举为广西都督，宣布广西独立，致电全国号召讨袁。其中，广东将军龙济光也收到了电报，但是对于陆荣廷的邀请不予理睬。陆荣廷直接朝着广东、湖南进军，又和李烈钧商量着一起北伐。

蔡锷收到了广西出兵的消息，也第一时间进攻叙州、泸州，同时对张敬尧下了战书。张敬尧的军队烧杀抢掠无恶不作，早已失了民心，连连失守。张敬尧在半路上碰到一个名为卢叫鸡的大土匪，这人对周边地形很熟，还自告奋勇要带张敬尧的军队走小路进山。

走着走着，蔡锷的军队赶了过来，把北军打得落花流水。护国军的目的在于震慑，而非赶尽杀绝，便把剩下的北军放走了。而狡猾的张敬尧早就逃之夭夭，保住了性命。回到军营之后，张敬尧抓住卢叫鸡，大骂道："狗强盗，竟然勾结逆贼算计我！"

卢叫鸡也不和他啰唆，破口大骂道："我虽然是个强盗，但和你这群狐朋狗党不一样，你们帮着袁贼倒行逆施，屠戮人民，蔡司令拥护共和，邀请我助他一臂之力，我感动于他的爱国之情，这才前来诈降，送你归天。谁知道你竟然命不该绝，不过我也流芳百世了，以后可就没人骂我狗强盗了！"

最后，卢叫鸡英勇牺牲在张敬尧的乱刀之下。

蔡锷得知卢叫鸡牺牲惋惜不已，更加坚定要攻下泸州。他打算率领五百人偷袭，但是这一带山脉十分曲折，很有可能会走错。蔡锷碰到一个好心老伯，愿意带他们上山。走了十几里路之后，地势越发险峻。

19. 陆荣廷起义

蔡锷担心老伯是北军的间谍，便有些不敢前进。蔡锷看了看周围纵横交错的大松树，对老人说："这个地方叫松坎，果然名实相符，我军打算在这里驻扎，老人家不如回去吧，免得累着了。"

老人看出蔡锷怀疑他，于是说："这里适合埋伏，不管对方来多少人马，只要掩杀过去，也是死多活少了。小民愿意在军前，看将军杀贼。"而这时，山脚下有北军的军旗在挥动，蔡锷连忙让部下躲起来。过了一会儿，北军走到小路。蔡锷带着士兵从树林里跳出来，开枪突袭北军。

北军虽然有数千人，但是山路太过狭窄，被伏击的护国军打得落花流水，最后只剩下几百人仓皇逃窜。蔡锷未折损一兵一将，反而缴获了十几架机关枪，可以说是打了个漂亮的胜仗。等他回头一看，却发现那带路的老伯已经中弹身亡。

蔡锷流下了眼泪，命手下抬着老伯的尸体回到原处，找到了他的亲人，表示慰问。而乡亲们看到老伯的尸体，非但没有怪罪蔡锷，还都说老伯是为国捐躯，死得其所。

之后，蔡锷如有神助，一路过关斩将，很快便击退北军，占领了泸州。护国军所到之处，都搭起了小棚子，免费分粥给贫穷的老百姓。

泸州攻下后，李烈钧也攻入湖南，陆荣廷攻入广东，形势一片大好。

这时，日本的一封外交意见书，让袁世凯彻底坐不住了。

20. 取消帝制

日置益递来的外交意见书上面写着，护国军支持共和，不能视为乱党，只能称作内战。随后，英、法、俄、美等国都找到陆徵祥，劝说袁世凯取消帝制，避免内战。袁世凯收到消息时，已经忙得跟个陀螺似的。

在这紧要关头，又一个巴掌挥过来了。江苏将军冯国璋、山东将军靳云鹏、江西将军李纯、浙江将军朱瑞和徐州将军张勋，一起写了封反对帝制的联名信。信上写道，如果袁世凯坚持帝制的话，他们也要学护国军闹独立。这封信把袁世凯气得胡子一吹，几近晕倒在地。

袁世凯让左右去把太子叫来。不一会儿，袁克定走了进来，袁世凯忽然挺身坐直了身子，指着袁克定骂："你一心一意劝我称帝，好将来继承！我听了你的话，费尽心机，反倒惹出这许多祸事！现在人心已变！你让我怎么办？"

袁克定支支吾吾地说："不是只有三省起兵吗？有什么要紧的？"

袁世凯指着案子上的电文："你不看看五将军发来的电文吗？"

袁克定转身走到案子前，看完脸色大变，吓得不敢说话。紧接着，袁世凯召开大会，把北京政府所有部长级别以上的官员都叫了过来。

开会的时候,袁世凯还假惺惺地狡辩,说称帝是民意所向,非自己所愿。现如今有这么多人反对,也只能取消。

这时候,朱启钤(qián)、梁士诒两个人马上跳出来反对。但是此刻,袁世凯已经后悔莫及,意念仅仅在于何时取消帝制之间摇摆。

到了晚上,徐世昌应邀来访,袁世凯急忙将他请进来,徐世昌还要给他行礼,袁世凯又赶紧阻拦,说道:"老友不必客气,快请坐。"

等二人坐定,袁世凯才又说道:"你在天津享福,我在这里受苦,我让克定去邀你前来,就是让你想办法帮我消苦的。"

徐世昌笑着说:"不瞒您说,我已经老啦,既没有财力,也没有权势,本来只想做个普通的老百姓,可是大公子苦口婆心相劝,我不敢不来啊。"

袁世凯笑着说:"你我是患难之交,不必说这些客套话,好歹给我想个办法,什么事情都是可以商量的嘛。"

徐世昌又问起财政的事情来。

袁世凯回答说:"各省的款子多半延误,外国的借款也停止交付了,总之都是我的错,现在全仰仗老友你了!"

徐世昌并没有急着答应袁世凯,他看到桌子上有一堆信件,是康有为写的,也同样是洋洋洒洒约一万字,好言相劝袁世凯取消帝制。徐世昌看到袁世凯不耐烦的样子,勉强劝慰了几句。徐世昌也不拐弯抹角,直接问袁世凯如何决定国体。

事到如今,袁世凯再怎么不情愿,也只能违心地说,只要天下太平,他什么都愿意。徐世昌也是带了办法来的,袁世凯愿意放弃称帝,那么国体问题就是次要的,最紧要的问题就是内乱。而段祺瑞是北洋军阀之首,声望很高,可以请他出山协助。

但要紧的是,段祺瑞之前受尽北京政府的白眼,赋闲在家还被

20. 取消帝制

袁世凯安排刺客暗杀。虽然段祺瑞不动声色但心里肯定对袁世凯十分愤恨。袁世凯也是第一时间想到了段祺瑞,让自己的大儿子去请他出山,却结结实实地吃了个闭门羹。

谁能想到,徐世昌一出马,段祺瑞便爽快地答应了。

次日,段祺瑞来到袁府,同袁世凯等人商量对策。袁世凯答应先昭告天下废除帝制一事,再逐步平乱。等文书写好,拿去印刷的时候,袁世凯又开始后悔了。而这个时候,袁世凯的妃子们把他团团围住,声泪俱下地请求维持帝制。

袁世凯更加动摇,便急忙让安女官长去拿回文书。

到了晚上,徐世昌前来辞别,说总统临时变卦,自己也变卦。还说其他各省都依稀有独立的迹象,北京政府危在旦夕。

听了徐世昌的话,袁世凯知道他不是危言耸听,急得让印铸局连夜印刷文书。

第二天，北京政府颁布命令，洪宪年号改回民国五年，禁止皇帝、奴才等阶级称呼。随后，袁世凯把帝制文件全烧了，连同皇宫用品一并销毁，只留下皇帝的牌子、龙袍、宝座、登基御袜等价值昂贵的物品作为纪念。维持了83天的帝制复辟，终于画上一个草率的句号。

虽然复辟帝制时间不过两个半月，但是筹备帝制的开销却非常惊人。一开始的预算是六千万元，筹备大典花两千万，奖赏军费一千万，动员和收买"民意"三千万。虽然帝制终究未成，但是这些预备金都用光了。预备金的来源无非是国库、税收、借款、银行储备等，实际上都算是"取之于民，用之于袁"。

之后，徐世昌再次担任国务卿，段祺瑞同样当回了参谋总长。他们和黎元洪一起致电蔡锷等护国军领袖，请求和平解决内乱。但是这几人都不予理会。随后，徐世昌和段祺瑞又写了个和解条款，重申停战要求。这些条款共有六点，无非是要求云南、贵州、广西三省撤兵停战，领袖到北京开会言和。

虽然袁世凯放弃称帝，但是他上任以来一直胡作非为，加上国民党的革命果实被袁世凯窃取，蔡锷完全没有议和的心思。而广西都督陆荣廷，因亲儿子被袁世凯毒死，也是铁了心主战。

云南都督唐继尧、贵州都督刘显世态度稍有缓和，同意言和，但是另外写了六大议和条件。这六大条件和前面徐世昌写的六个条款，相差简直天南地北。

简单来说，第一条，袁世凯必须尽快退位，退位之后马上离开中国；第二条，把杨度等鼓吹帝制的人杀了，昭告天下；第三条，复辟帝制期间花的六千万，把袁世凯和杨度等人的家抄了赔偿；第四条，袁世凯的三代子孙，剥夺选举权；第五条，按照约法，副总统黎元洪即位大总统；第六条，除了国务员以外，官员职位不变，

20. 取消帝制

军队需要听从护国军都督的命令。

俗话说,落叶归根,这六大条件中的第一条,直接把袁世凯逼离故土。回想起袁世凯残害百姓的行为举止,真叫一寸土地也容不下他。

袁世凯看到这些条件,差点又气晕过去。他接连想了两个办法。一是动员参政员挽留自己,二是请求冯国璋和张勋联合各省拥护自己。没想到的是,大多数参政员拒绝帮忙。而冯国璋这个老狐狸,也东躲西藏,不肯接见袁世凯派来的人。张勋致电全国,却只有两个省份回应。

而这个时候,广东却忽然传来独立的消息。

21. 龙济光假独立

广东之前是国民党的起源地,广东护国军总司令徐勤带兵大战北军期间,国民党的人也分出一股势力攻打香山等地,以陈炯明为首的共和军则在惠州等地起义,还有数路势力分头攻打广东。广东将军龙济光被打得毫无还手之力,只好求助离得最近的陆荣廷。

这两人本来就有亲家关系,再加上袁世凯已经声称放弃帝制,陆荣廷也答应放他一条活路。但是,陆荣廷要求龙济光必须宣布广东独立。龙济光左右为难,但为了保命,也还是硬着头皮拍了份电报给袁世凯。

袁世凯也是个老谋深算之人,他料到龙济光不会轻易背叛自己,便答应了广东独立的要求。果不其然,过了一会儿,袁世凯又收到了龙济光发来的第二份电报,电报上面的内容赫然是请求支援。袁世凯二话不说,马上安排上海的军队前往广东支援。

可谁能想到,上海的军民不愿意士兵去广东,以免上海失守。而广东的军民也不愿意上海插手自己家里的事情。这时候,护国军第五军队司令魏邦平已经来到海珠,准备攻城。

事不宜迟,龙济光连忙发了份布告,宣布广东独立。但是这布告只字未提袁世凯的罪行,而龙济光抓的革命党人也都还关在大牢里,这令魏邦平起了疑心,直接问龙济光独立的真实性。龙济光牛

21. 龙济光假独立

头不对马嘴地说,等陆荣廷和梁启超来广东,他马上辞职。

这时,徐勤也收到梁启超的劝和信,便做了次中间人,代梁启超约龙济光面谈。龙济光马上答应了,但是他本人也并不出面,而是让顾问谭学夔、警察厅厅长王广龄代为出面。

过了几天,陆荣廷的代表汤睿也来到约定的警署开会。会议上,警卫队队长贺文彪提出解散护国军,另外编入警卫队。徐勤当然不会答应这样不合理的要求,拒绝的话语刚落下,"砰"的一声枪响,马上飞来一颗子弹!

徐勤应声倒地,一动不动。这时候,周围枪声四起,无数惨叫声响起。刚刚那颗子弹擦身而过,徐勤看到周围没有人之后,马上找到一套警服穿上,趁乱逃了出去。随后,徐勤跑到江边,跳上一艘船,这才保住了性命。

在这次海珠会议中,谭学夔、汤睿当场中弹身亡,王广龄事后

被枪毙,而徐勤侥幸坐船逃到了香港。陆荣廷愤怒之下要追责,问道:"龙济光去哪里了?"

来给龙济光说情的张鸣岐说道:"他本来在署中等待汤、徐两个人前来开会,谁知道半道杀出歹徒要谋害两人,龙济光知道后赶紧派兵去镇压,但是已经来不及了。"

梁启超接着张鸣岐的话说:"龙济光就是要害我们,偏偏汤、徐二人做了替身,幸好徐君逃脱,其他人却遇难了。如果我们不杀了龙济光,对得起死去的汤君吗?"

张鸣岐赶紧辩解说:"龙济光确实不知道这件事,现在他正在等待你们去广东和解,绝无二心。"

梁启超冷笑道:"我还想多活几天呢,还想用老办法骗我吗?"

张鸣岐说:"如果你们不信,我愿意当你们的人质,行不行?"

梁启超又嘲讽了张鸣岐一句,让他别着了龙济光的道儿,张鸣岐还想辩解,陆荣廷制止了他,说道:"龙济光如果没有歹意,必须答应我六个条件。"

陆荣廷也不知相信没有,开出了六个条件。其中比较重要的两条,一是交出作乱的手下,二是要龙济光分出一半的兵力协同护国军攻打江西。对此,龙济光束手无策,只好修改这几个条件,答应配合调查海珠会议的罪犯,另外把广东省的政权、军权交由陆荣廷和梁启超。

广东独立,浙江将军朱瑞便申请派兵加固城防,还把两个旅外调。这是因为二旅旅长童保暄曾经参加过辛亥革命,一旅旅长叶焕华与其相交甚密。

而这时候,原本前往支援广东的上海军队,因浙江战事吃紧,又掉头支援浙江。浙江军民的反应和广东军民如出一辙,都非常抗拒外人插手。童保暄更是气得直接找到朱瑞,让他宣布浙江独立。

21. 龙济光假独立

但是朱瑞畏首畏尾，最后只保持了中立的态度。

童保暄知道朱瑞等人想谋害自己，便决定先发制人，没想到等他带兵潜入军署时，朱瑞等人早就脚底抹油逃远了。只剩下一个巡按使屈映光，见风使舵地举双手表示要独立。最后，屈映光通过投票当上了都督。

但是这人狡猾程度比起龙济光，有过之而无不及。他连都督都不敢称，只敢说兼任浙军总司令，告示书上面也没有清楚写上"浙江独立"四个大字。后面，屈映光果然私底下偷偷联系袁世凯大吐苦水。袁世凯此时正忙得焦头烂额，比起真打仗还是更倾向于假独立，竟没头没脑地发了个公告，说屈映光平定浙江有功。

前几天宁波镇守使周凤岐还发急电询问屈映光的态度，这下可好，周凤岐直接通电全国各省，臭骂屈映光一通。就在屈映光左右为难，夹着尾巴做人之时，广东那头传来了龙济光联合陆荣廷北伐的消息。正所谓枪打出头鸟，有了龙济光做第一个垫脚石，屈映光便也不得不顺势自称都督，宣布浙江独立。

另外再看广东那边，等陆荣廷和梁启超到了广东之后，龙济光又反悔了，不肯辞职。最后双方达成了共识，仍由龙济光任广东都督，而岑春煊任两广总司令，粤军联合桂军一起北伐。

北伐口号越喊越响，袁世凯不得已之下拼命调兵抵抗。只可惜上海的两个师只能守长江一带。为了避免福建沦陷，袁世凯又调遣一批军队，海陆兼备，分头坐船前往福建。

这时候，发生了一件离谱至极的事情，使得袁世凯终于承认了天意弄人。

22. 南京会议

　　袁世凯调往福建的海陆两军，只有海军有兵舰坐，陆军另外坐轮船。一艘载着陆军的轮船在海上航行时，遇到了恶劣的大雾天气，海面上能见度很低。开着开着，"咚"的一声巨响，这艘轮船竟然撞上了海容号巡洋舰！半个小时不到，全船沉入海底。而船上的七百多位陆军，全部牺牲。

　　袁世凯收到消息之后，也禁不住感慨天道无常。经此一难，袁世凯放弃了主战的心思，想方设法地同护国军议和。其中，就免不了频繁找冯国璋商量计策。

　　而这时，冯国璋所镇守的江苏因为商船往来便利，聚集了不少的革命党人。革命党人陈其美因为催促冯国璋不成，便自己跑到江阴宣布独立，又推选了土匪出身的尤民当司令。当地百姓十分害怕，急忙找冯国璋求助。

　　冯国璋知道这一切的动乱都和袁世凯脱不了干系，但是他念着旧情，听徐世昌说陈宧跟蔡锷谈议和条款，便也趁势提出了八条调停意见。陈宧和冯国璋两人的条款，第一条都要求保住袁世凯的总统位子。没想到蔡锷不理会陈宧，云南、四川仍不肯议和。冯国璋见事不成气不过，竟直接发电报劝袁世凯下台。

　　接到冯国璋的电报，徐世昌马上想了个避免袁世凯退位的办法。

22. 南京会议

徐世昌急急忙忙找到袁世凯,把电报的内容告知了他,袁世凯也是焦急万分,这时候徐世昌才说:"现在已经是燃眉之急了,请大总统往后退一步,挽回大局。"

袁世凯皱眉问:"难道我真得退位不成?"

徐世昌说:"不用退位,但是可以恢复内阁制,并且用几个新党的人,或者可以调停他们的意见,也许有用呢。"

为了恢复内阁制度,为此还写了一份成员名单,特意把陆军总长蔡锷的名字排在第一位,但这群人都坚持要求袁世凯退位。

徐世昌没有办法,只好再去找袁世凯商议如何是好。

徐世昌想了想,说道:"眼下只有请段祺瑞出来主持局面了,他和冯国璋关系好,将来打或者和,都好说。请总统准许这么做。"

袁世凯无奈地说道:"既然你要他出山,那我也只好依着你了。不过,你可不能离我而去,仍要替我周旋一二。"

徐世昌赶紧答应下来:"我留在京城就是了。"

无奈之下,袁世凯只好千求万请,加上徐世昌的三寸不烂之舌,才勉强劝段祺瑞答应出面组建内阁。虽然恢复了内阁制度,但是新拟名单上的人无一不是袁世凯等人的势力,还被人戏称帝制内阁。

不过段祺瑞本来的目的就是调停,现如今国体已改,便有底气去同南方势力谈判了。这时候冯国璋作为段祺瑞的老相识,也出马了。冯国璋首先发了电报给各省,请求团结一致,尚未独立的省份都纷纷回应。冯国璋又趁机发了自己修改后的八条意见,可谁料到,上海的唐绍仪等人竟然联合一万多人反对。

冯国璋很恼火,只好跟长江巡阅使张勋、安徽都督倪嗣(nísì)冲等人发起了南京会议,企图再次通过投票的方式,来决定袁世凯的去留。

到了会议这天,各省都派出了代表来到南京。冯国璋担任主持,

就袁世凯是否继续当总统一事进行投票。投票结果一出来,赞成的不到一半,冯国璋另有计谋,便和众代表约定改日再议。

隔了一天,倪嗣冲直接带了三个营的士兵来到南京,武力威胁的意味不言而喻。等到第二次会议召开,席间仍旧有反对袁世凯当总统的,倪嗣冲听了他们的话,不仅把乱党的罪名扣在他们的头上,还说看法不一样的人就用武力解决掉他。眼看着会议现场就要打起来,徐州代表李庆璋急忙当个和事佬,化解了这场矛盾。按照李庆璋的意思,是要邀请独立省派代表与会。在场的人都表示赞同。

过了几天,张勋发了封电报,谎称南京会议上大部分人都支持袁世凯当总统,结果没什么人回应他。虽然大部分省份都在观望,但是像陕西、山东、湖南一些省份,私底下已经准备独立事宜。

得知陕西独立之后,袁世凯想调动兵力前去攻打,却发现国库已经空虚。原来,这还得归结于梁士诒的烂点子。先前梁士诒为了帮袁世凯筹备帝制款项,让中央银行和交通银行大量滥发纸币,又

22. 南京会议

随意地提取银行的现金。眼看着袁世凯面临下台，梁士诒赶紧悬崖勒马，拟定了一份禁止兑现钞票的命令，还强迫段祺瑞盖章。段祺瑞明知道此事荒唐，但是奈何内阁里都是袁世凯和梁士诒的人，便只好背负这番骂名。

这下可好，通货膨胀的弊端在全国显现，物价上涨得离谱。老百姓叫苦不迭，谩骂袁世凯的电报像雪花一样飘到总统府。而军队没有军费，也开始起了反抗的心思，陆陆续续有省份宣布独立。

就在这时，袁世凯觉得身体有些不舒服，去医院一查竟是得了尿毒症。自此之后，他的身体每况愈下，即便再怎么寻医问药都无济于事。仅仅一个月不到的时间，袁世凯竟从一个身体健壮的中年人，一下子仿佛老了二十岁一般，躺在床上生活不能自理。一天，袁世凯的儿子们去请安，忽然吵了起来。

眼见长子袁克定一副无所谓的样子，老二袁克文不由得有些恼怒，说道："兄长，你可知道父亲的病是怎么得的？"

袁克定说："不就是寒热相侵袭，因此生了病吗？"

袁克文摇了摇头说："不对，要说父亲的病因，是因为兄长闯的祸。"

袁克定沉着脸问："我有什么祸事？"

袁克文随即说道："父亲这么热心称帝，都是因为兄长你怂恿，现如今称帝失败，各省都要闹独立，连连发电报冷嘲热讽，令人难堪，你想想父亲年近花甲，哪能受得了这个？古语说得好，'忧劳所以致疾'，父亲怎么能不生病？"

袁克定还嘴硬，继续说："我之前和父亲说过，不要退位，父亲不听，现在乱党得寸进尺，连总统都不让他当，过几日还要抄我们的家也说不定。父亲自己不明白这个道理，与我有什么关系？"

袁克文冷笑了几声，说道："兄长不知道自己的错误，反而怪

罪父亲，真是残忍啊。试想之前父亲发过誓，不做皇帝。为了你当太子，他做了皇帝。我曾经劝阻过这件事，可是父亲不听，现在父亲病重，兄长竟然这么说父亲，于公于私都不对。"

四子袁克端向来和老大不和，现在一听二哥这么说，顿时也生起气来，大怒着说："大哥向来没什么骨肉情深，二哥你说他干什么？"

袁克定随即大喊："好好好，就你们都是孝子，我是逆子，不如把我杀了，将来袁氏的门楣由你们来撑着，家产也由你们来分，这样做你们就快意了吧！"

袁克端大声说道："好在老天也有眼，父亲没做成皇帝，你也没做成太子，否则将来我们都是你的刀下鬼。"

双方你来我往，吵得不可开交，袁世凯卧病在床，听见外面喧闹，也恼怒起来："我还没死呢，你们兄弟就要吵闹！你害了我就算了，还要害死你的兄弟们吗？"

袁克定这才急忙跪地认错，袁世凯挥挥手，让他们都退下。

自此，袁世凯的病情越发严重，到了六月初，连紧要文件也看不得了，昏睡了一两天后，到了六月初五这天，忽然又清醒起来，先是召老友徐东海相叙，让他照顾自己的孩子们。接着，又召集诸子，嘱咐道："我要死了，我死了之后，你们要听徐伯父的话。我和他是至交，你们要像侍奉我一样侍奉他，不得违逆他的话。"

说罢，诸子哭成一团。

徐东海也在旁边抹着眼泪，袁世凯又说道："让孩子们拜一拜你吧。"

徐东海还没来得及推辞，袁克定等已经拜倒在地，徐东海急忙将他们扶起来，袁世凯看着眼前的一切，说道："一诺千金，老友你不要辜负我的托付啊！"

22. 南京会议

之后，袁世凯立下遗嘱，分好财产，又安顿好一帮家人，这才重重地躺回床上。不一会儿，便已气喘吁吁，直呼："杨度，杨度，误我！误我！"说完，嘴巴张了张，撒手人寰。

民国五年六月六日（1916年6月6日），袁世凯撒手人寰，享年五十八岁。

23. 内阁重组

袁世凯逝世之后，大总统的职位按照《约法》的规定，由副总统黎元洪继任。黎元洪上任之后，各省纷纷发来贺电，连四川、广东、陕西等省份都宣布取消独立。而以张勋为首的帝制派，却在私底下另有动作。

张勋拦住先前参加南京会议的几个代表，开了个"七省同盟会"（以河南、河北、安徽、山西和东三省为主），这些将军和张勋达成盟约，更加巩固了张勋的军阀地位。

这时，西南军务院抚军长唐继尧发了份电报给北京政府，提出了四个条件。一是要恢复民国元年的旧约法，二是要召集民国二年解散的旧国会，三是要处理鼓吹帝制的杨度等人，四是要开军事会议讨论善后问题。如一一执行，便取消军务院，否则，将继续保持南方各省份独立。

随后，冯国璋等人也表示要恢复旧约法和召集旧国会。

唐继尧的电报发出后，北京政府久久没有回应。旧议员谷钟秀等人干脆自己动员，到处张贴广告，半个月的时间竟然召集了三百多位议员到上海。消息传到北京，段祺瑞坐不住了，只好站出来回应，说可以修正民国三年约法作为法律。

此举遭到了南方各省的强烈反对。梁启超抨击道，民国三年约

23. 内阁重组

法不能作为法律，一个国家只能有一个约法，那便是民国元年约法。

正当段祺瑞举棋不定之时，海军那边传来一个重磅消息：海军宣布独立！段祺瑞慌了神，连忙找冯国璋帮忙。可惜冯国璋也是支持旧约法的，根本不予理会。段祺瑞只好找黎元洪商量如何恢复约法。

话说这黎元洪，袁世凯当大总统时，他作为副总统被软禁在北京。现在他当了大总统，却抵不过张勋等军阀的势力，在北京也处处是段祺瑞说了算，可谓是一个傀儡总统。黎元洪本来就支持恢复旧约法，但一直没有他说话的份。现如今段祺瑞问他关于恢复旧约法的意见，黎元洪当然爽快地答应了。

民国五年六月二十九日（1916年6月29日），北京政府宣布恢复《中华民国临时约法》。消息一出，举国沸腾，人们奔走相告，高兴得像是过年一样，纷纷赞扬黎元洪和段祺瑞的举措。约法已恢复，时任国务总理段祺瑞也开始进行内阁重组。内阁分为九个部门，分别是外交部、财政部、海军部、教育部、农商部、交通部、司法部、

段芝泉重组阁员

内务部、陆军部,陆军大权被段祺瑞捏在手里,其余的部长因为各种原因换了好几次,总归是分为国民党、官僚派、中立派三个派系。

旧约法已经恢复,内阁也重组完毕,剩下的就是善后问题。先前支持袁世凯复辟的杨度等人,由于势力庞大,在北京政府的包庇下东逃西窜躲过一劫,竟无一人落网。

西南各省首领也不愿再坚持,军务院宣布取消,南北总算统一。此外,各省份内部仍旧有一些势力在交战,打得最激烈的便是广东省。军务院取消之后,龙济光和李烈钧仍在拼个你死我活。

龙济光之前已和陆荣廷等人言和了,怎么会突然和李烈钧打起来呢?原来,龙济光一直拥护袁世凯,被迫宣布独立之后,一直对云南和广西有怨恨。云南司令李烈钧来到韶关的时候,广东军多次挑衅他,后面愈演愈烈,甚至发展成到处埋地雷。是可忍孰不可忍,李烈钧便带兵同龙济光血战。

这些局部动乱,经由北京政府插手,都一一调停。

民国大总统虽然确定,但副总统一职迟迟没有决定。彼时最合适的副总统人选,有在云南起义中大放异彩的岑春煊、唐继尧,有老臣段祺瑞和冯国璋。虽然岑春煊和唐继尧都立下了汗马功劳,但是势力始终不如后两位的大。

段祺瑞和冯国璋都是北洋军阀的领袖,两人还都在李鸿章创办的北洋武备学堂念过书。段祺瑞自恃功劳无限,又位居国务总理,认为副总统一职是板上钉钉的事实,便不甚在意。

这时,冯国璋借机笼络长江各省,又有意同国民党各界人士交好,吸引了不少的势力。在国会投票选举副总统当天,国会收到七百二十四票,其中冯国璋得到五百二十票,以高票当选副总统。

国内形势一片好转之际,正值革命党人大展宏图之时,忽而接连传来两位大人物病逝的消息。

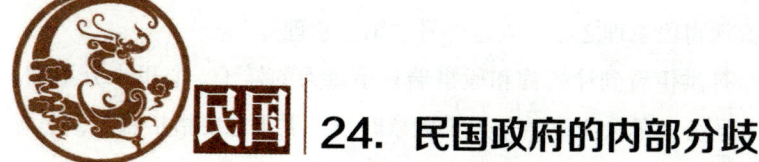

24. 民国政府的内部分歧

民国五年十月三十一日（1916 年 10 月 31 日），黄兴突然因病离世，没过多久，蔡锷也病死他乡，年仅三十四岁。

这两位人物的离世，轰动了全国。黄兴是民国的开国元勋，而蔡锷是恢复民国的大功臣，两人接连离世，一时痛失两位英雄领袖，举国哀悼不已。经由国会决定，根据《国葬法》的要求，予以两人厚重的国葬典礼。

黎元洪当上大总统之后，本来想让黄兴和孙洪伊协助自己，没想到黄兴突然逝世，黎元洪的亲信只剩下孙洪伊。孙洪伊之前曾经强烈反对过帝制，是一个有话直说的直肠子。黎元洪做了总统之后，孙洪伊也当上了内阁总长。孙洪伊像黎元洪的跟班一样，每逢黎元洪开会、面见客人，孙洪伊总是坐在一旁，还不时发表一番议论。

偏偏孙洪伊这人不够圆滑，说话十分难听，不仅惹得其他议员不满，连段祺瑞对他都很有意见。段祺瑞甚至还因为孙洪伊和自己手下的人吵架一事，闹着要辞去总理职位。这又是怎么一回事呢？

原来，段祺瑞有个能干的手下，叫徐树铮。

徐树铮以前是段祺瑞的学生，还在日本士官学校进修过，自称文武双全。后来云南起义时，段祺瑞赋闲在家，徐树铮作为军师，出了不少的好点子，得到了段祺瑞的欣赏。段祺瑞当总理后，也提

拔徐树铮当了国务院秘书长。这下,徐树铮大展身手,每每进言献策都深得段总理之心,人送外号"第二总理"。

孙洪伊看到徐树铮和段祺瑞只手遮天的样子,心里十分不满。每当国务院的公文拿给黎元洪盖章时,孙洪伊总要指指点点,恶意退回。时间一长,两人都积攒下了不少的矛盾。

一天,国务院召开会议,孙洪伊高谈阔论,说得正高兴,徐树铮看不过眼,反驳说:"孙总长,你不要目中无人,要知道智者千虑,必有一失,难道除了你,别人就不能说点什么吗?"

孙洪伊循声看过去,正是徐树铮,便冷笑着说道:"你是个大才,我是很佩服你的,但是这里是阁员会议,等你入了阁,再参议也不迟。"

徐树铮被他这么一嘲讽,脸面有些挂不住,愤愤地说道:"我也算是国家任命的官吏,难道没有说话的权利吗?况且现在是共和体制,人人都有说话的自由,孙总长平日自诩是维新派,怎么到了这会却要做专制时代的事情,不让人说话呢?"

孙洪伊哼了一声,说道:"你的话听起来很伟大,不妨跟总理说,如果总理把你的言论提到会议上参议,那我肯定赞同。如此一来,你既没有埋没才能,又没有越职言事,岂不是一举两得?"

徐树铮笑道:"孙总长,你教我不要越俎代庖,你怎么又越俎代庖呢?"

孙洪伊急忙问:"我哪里越俎代庖了?"

徐树铮说:"你勾结报馆,泄露国家机密,难道不是越俎代庖吗?"

孙洪伊勃然大怒,吼道:"你有什么证据?"

徐树铮不屑道:"证据不要找我要,你只需要想想有没有这回事。"

24. 民国政府的内部分歧

孙洪伊怒上加怒，朝段祺瑞说道："总理用这么狂妄的人，再纵容下去，怕是总理都要失望了！"

段祺瑞黑着一张脸，说道："这里是会议场所，不是喧哗街市，孙总长也不要失了体面！"说罢，拂袖而去。

段祺瑞面子尽失，当即找到黎元洪，嚷嚷着要辞职。黎元洪哪里敢放走这位大人物，不得已之下做了开除孙洪伊的决定，借此平息段祺瑞的怒火。

而徐树铮所说的"泄露国家机密"一事，只是逞一时口快吗？

原来，之前梁士诒强迫段祺瑞签了停止银行兑现的命令之后，全国上下都呼吁政府筹款。孙洪伊支持筹款兑现，但是国库早就被袁世凯挥霍一空，筹款一时半会无法实现。

于是，段祺瑞吩咐财政部部长陈锦涛跟外国贷款。而这时，美国愿意贷款五百万元美金，条件是要用烟酒的税款作抵押。陈锦涛

谈成之后，把协议交到两院，请求秘密通过。

从沟通到签约，整个过程都是保密的，这是因为之前英、法、德、俄、日五国银行借钱给中国，在优先借款权的问题上，双方闹得一拍两散，中国这边还气走了好几位财政部部长。这次北京政府没有找五国银行，而是找了美国，就怕这五国银行有意见。

没想到的是，这个借款协议却被报馆获知，事情一经见报，马上传得沸沸扬扬，日本直接怂恿四国银行签署抗议书。段祺瑞与陈锦涛怀疑是孙洪伊泄密。北京政府无奈之下，只好跟日本兴亚等三家银行借款五百万日元，用作兑现。先前的美国借款，则存着作为准备金。

没过多久，德国突然又宣称要进行海上封锁，禁止中立国（此时中国宣告中立已三年）轮船在禁区内航行。之前有不少的华人出国打工，有些华人被雇用充当军役，有的到了外国的商轮上工作。外国商船开到德国认定的禁区，直接被击沉，因此也死了不少的华工。

根据《万国公约》来说，德国派出潜艇进行海上封锁的行为，是严重违约的。北京政府向德国发去抗议书之后，德国竟我行我素，不予理会。于是，段祺瑞便建议黎元洪下令同德国绝交。黎元洪还在犹豫的时候，协约国听说了这件事，纷纷表示只要和德国绝交，便会妥善处理中国关税、裁判权、赔款等问题。段祺瑞大获鼓舞，抓紧催促黎元洪作决定。

没想到黎元洪瞻前顾后，一副十分犹豫的样子。段祺瑞一气之下直接辞职，连带着教育部部长兼内务部部长范源濂也跟着辞职。

25. 张勋复辟

面对段祺瑞的辞职威胁,黎元洪综合考量了一番,还是决定和德国绝交。

这时,德国在中国的租界、铁路管理权、商船等,接连被北京政府收回。但是荷兰又发来文书,说跟德国谈好了,继承了德国在中国的一切利益。段祺瑞气得牙痒痒,甚至想到了对德宣战。黎元洪性格温和,绝交已经是极大的让步,便如何也不肯同意段祺瑞的要求。

段祺瑞却铁了心要宣战,他还致电各省督军,要他们到北京开会讨论宣战问题。随后,在国务院召开的军事会议里,这群武官无一人反对段祺瑞,都表示要对德开战。段祺瑞又强迫黎元洪在总统宣战文书上盖章,拿到国会审核。

国会的人收到文书,一半的人不愿意对德宣战。消息传了出去,各团体的请愿书如同雪花一般飘到国会,更发生了请愿团体殴打议员的事件。这些请愿团体见有些议员不愿接传单或接收稍迟,便马上伸手去殴打对方,俨然跟之前袁世凯强迫选举如出一辙。黎元洪马上下令,要求司法部把闹事的请愿团体抓起来审理。

没想到的是,司法部部长张耀怕引火上身,直接辞职了。另外,外交部部长伍廷芳、农商部部长谷钟秀、海军部部长程璧光也写了

辞职信。这几个人是国民党的,和黎元洪同属于一个阵营,都反对对德宣战。眼下出了这样的情况,很显然动乱都是主战派引起的。

这时候,议员们以大部分国务委员辞职为借口,拖延到内阁重组后再决定。段祺瑞又另想办法,写了篇改制宪法的文书,交给黎元洪盖章。没想到过了几天,盖章文书没批下来,段祺瑞却收到了被革职的命令。

黎元洪炒了段祺瑞的鱿鱼,又安排伍廷芳当国务总理。段祺瑞马上通电各省督军,说调换总理的命令没经过他的副署,暗示黎元洪违反了法律。这时候,张勋第一个跳了出来,指责黎元洪违法。有了张勋的带头,各省军长也站队质疑黎元洪。连国会也表态,说黎元洪没经过他们同意。

伍廷芳拿出《约法》和之前任免总理的旧例,但是根本没人搭理他,显得非常尴尬。黎元洪这时候想到一个人,他就是新任财政部部长李经羲(xī)。李经羲是李鸿章的侄儿,以前当过北洋军阀的长官,属于德高望重的老人家。经过国会投票,李经羲当选了国务总理。但是更令人尴尬的是,李经羲根本不愿意上任。

这时,安徽省长倪嗣冲通电各省,说国会议员胡作非为,北京政府一事无成,正式宣布安徽独立。之后,陕西、河南、浙江等省份和军队纷纷宣布独立。国内局势瞬间动荡不安,黎元洪急得焦头烂额。

张勋却又跳了出来,暗示自己愿意出面调停。他提出调停的条件,就是解散国会和撤销京津警备,还给了黎元洪三天的期限。根据《约法》,总统并无解散国会的权力,但是黎元洪受各省督军胁迫,万般无奈之下,只好一一照做。

被辞退的议员们致电南方各省,说黎元洪此举是违法行为,命令无效。两广督军都是国民党人,收到消息之后约定暂时独立。但

25. 张勋复辟

是广东、广西地理位置偏远，北方的督军团们根本没把他们当回事，因此也不加制止。

因为，张勋有更重要的计划要实施。

张勋这人外貌特征十分明显，留着个长长的辫子，因此也被人称为"张辫帅"。张勋是明晃晃的帝制派，勾结各省督军成立了督军团，就是为复辟做打算。纸包不住火，前国务总理熊希龄实名举报张勋意图复辟。冯国璋看到熊希龄的举报信，也发出通电，表示反对复辟。

其实张勋自己都认为时机尚未成熟，但是他的身边不断有人怂恿他复辟。这时保皇派康有为也来到京城，甚至与张勋的参谋长万绳栻一起拟好了复辟诏书。

张勋决定复辟之后，马上让人占领报馆、电报局，阻止他们发布消息。同时放军队进城，天一亮便率领他们来到紫禁城，要求宣

统皇帝溥仪复辟。原来,张勋是个彻头彻尾的保皇派,他和袁世凯的想法不同,他竟然想重振清朝辉煌。

这时,皇宫里的人看到外面满是军队,都惊出一身冷汗,跑去报告给两位太妃以及太保世续。

太妃和世续听说张勋入宫,急忙问他为什么来。张勋朗声说道:"今天是来复辟的,请皇上马上登临大殿。"

世续战战兢兢地问:"这是谁的主意?"

张勋狞笑着说:"是我老张的主意,你怕什么?"

世续说:"复辟当然是好事,只是不知道中外各界人士是否同意呢?"

张勋不耐烦地说道:"愿意不愿意不需要你操心,别问了,让皇上登殿就是了。"

世续拿不定主意,只好眼睁睁地看着两位太妃,两位太妃也慌作一团,好一会儿才对张勋说道:"这件事还需要斟酌,请三思而后行。"

张勋顿时有些恼怒道:"老臣我受先帝厚恩,一直不敢忘怀,所以现在才来复辟,是为了再造大清,难道两位太妃反而不愿意复兴大清吗?"

两位太妃哭哭啼啼,说是怕祸害到全族,张勋越听越烦躁,扯着嗓子喊:"到底有老臣在,怕什么?不要忧心!老臣就问你们,究竟愿意不愿意复辟?"

众人一看张勋厉声喝问,生怕出什么娄子,战战兢兢地应承了下来。两位太妃和世续返回小皇帝住处,胆战心惊地拉着小皇帝的手,请他登基。

小皇帝茫然地登上宝座之后,张勋等人立刻心满意足地跪在大殿下,高呼万岁。随后,康有为献上自己事先写好的皇帝诏书。诏书洋洋洒洒数千字,凭空捏造了九大条例,都是康有为和张勋两人商量的结果。

在张勋的命令下,一时间北京各大办事处、商场都挂满了龙旗。

26. 复辟落幕

复辟典礼结束后，张勋便派梁鼎芬当说客，劝说黎元洪主动辞职。梁鼎芬到了总统府，便将复辟的情形说了一遍。黎元洪听完，皱眉说道："我召张勋入京，难道是让他来复辟的吗？"

梁鼎芬笑着说："天意如此，天下人心都希望复辟，张大帅不过是顺应人心，所以才有了这番举动，况且黎大总统您也在清廷当过官，拿过清廷的俸禄，当年辛亥政变的时候，并非您的本意。现如今您若是辞职，岂不是既不负清廷的厚恩，也不负天下人心，这难道不是一举两善吗？"

黎元洪说："我并非不想辞职，不过总统的职位是国民委托于我，不敢随意离去。如果复辟是张勋一人所为，恐怕中外各界都不会同意这件事，我怎么敢私自允诺辞职呢？"

梁鼎芬见黎元洪敬酒不吃吃罚酒，于是威胁道："您若是不赞成，恐怕会招来祸事。"

黎元洪于是沉默着不再说话，梁鼎芬知道再说下去也没有意义，于是就离去了。

等到梁鼎芬离开，黎元洪急忙派人到上海发了份电报，号召全国有志之士共同讨伐张勋。黎元洪的总统之位原本就有名无实，此时倒也开始认真考虑交接一事。

26. 复辟落幕

没想到的是，张勋并不等他拖延，直接派定武军包围了总统府，要求黎元洪交出总统印信。大难临头，黎元洪连忙下令让段祺瑞复任国务总理，冯国璋代理总统，又悄悄派人把总统印信交给段祺瑞，让他转交给冯国璋。

之后，黎元洪仓皇逃到一个日本少将的家里寻求庇护。看热闹不嫌事大的日本公使，还通报各国公使和清王室，说黎元洪藏在他们那里，受到他们的保护。

段祺瑞人在天津，收到总统的消息之后，便马上着手讨伐张勋一事。而梁启超积极地帮他写讨张文章，并通报各省。随后，冯国璋、陆荣廷等人发电报附议，其余各省也表示强烈反对张勋复辟。

电报一经发出，千军万马来相见。段祺瑞也受到鼓舞，自封共和军总司令，联合副总统冯国璋发了封电报，细数张勋罪状。一时间，讨张呼声越喊越响。而张勋却仍旧我行我素，不仅命令各省选

黎元洪寓公馆作假

举三人参加国会，又重新起任前清旧臣。清太保世续等人如履薄冰，每天战战兢兢地看着张勋胡闹，大气都不敢出。

而这时，曹锟和段芝贵的军队从东西两面包围京城。张勋在北京的军队只有五千人，仅过了一天不到的时间，便被打得溃不成军，仓皇逃窜。

次日，副总统冯国璋代总统下令，革去张勋安徽督军一职，改任安徽省长倪嗣冲兼督军职位。同时，剩余驻守在安徽的军队，都交由倪嗣冲管理。张勋眼看情况不对，连忙写了篇文章致电全国，言语之间都是在为自己洗脱罪名。

即便如此，张勋仍旧贼心不死，召集剩余的逃兵，在天坛附近大战讨逆军。只可惜张勋大势已去，张军寡不敌众，最后也只落得个狼狈逃亡的结果。不过，段祺瑞等人念在同张勋多年的情分，暗地里对他从轻发落。

张勋复辟一事，历经短短的十二天便落下帷幕。清王室怕殃及自身，急忙求段祺瑞帮忙。段祺瑞爽快地致电冯国璋，请求维持之前的清朝优待条件。冯国璋也不反对，清王室这才松了一口气。

黎元洪被请回北京，却说什么都不肯再当总统，总统一职便落到了冯国璋的头上。冯国璋和段祺瑞本就不是真心合作，当了大总统之后，马上任命李纯当江苏督军、陈光远当江西督军，借此巩固自己在长江中下游的势力。段祺瑞也没闲着，安排了自己的亲信傅良佐担任湖南督军，一方面看住李、陈二人，一方面好防备云南、广东两省叛乱。

各自巩固好自己的势力之后，段祺瑞仍不忘对德宣战。冯国璋是个聪明人，他不想因此事和段祺瑞起冲突，便直接答应了。随后，北京政府外交部发出文书，正式对德国、奥匈帝国宣战。

与德绝交期间，德国大使已经打道回国，文书便直接递交给了

26. 复辟落幕

尚在北京的奥匈帝国大使。奥匈帝国大使坚称宣战一事要经由国会讨论决定,但是此时国会早已取消,外交部根本不理会奥匈帝国大使的声音。

说起国会,被遣退的议员中有不少的国民党人,他们聚集在广东,开了个极其重要的会议。会议上,他们提出否认北京政府,另外成立军政处,同时选举孙中山为大元帅。孙中山应邀上任,发了篇文章通电全国,指责段祺瑞等人违法乱纪,背叛民国。

段祺瑞收到消息,担心又像之前一样,陆陆续续有省份响应。他想用武力解决,但是国库空虚,便邀请财政总长梁启超前来商议。梁启超又委任给财政次长。李思浩马上以善后借款的名义,向四国银行借款。其中,只有日本愿意借款一千万日元,但是要北京政府以盐税余款作为担保。

此时,湖南又跳出来一支独立军,长江周边开始不稳定起来。段祺瑞借到的款项只能维持数月,他决定再向日本借款两千万日元,以平定西南。新借款到手之后,如同给段祺瑞打入一针强心剂。他让冯国璋下通缉令,逮捕大元帅孙中山、国会议长吴景濂等人。同时,段祺瑞召集各省议员到北京,组建临时参议院,开始筹备起国会的选举工作。

借款虽然拨到了,但是湖南的独立军有了前广东督军陈炳焜和广西的联合支持,势力渐渐壮大起来。段祺瑞收到湖南督军傅良佐请求支援的电报,派王汝贤当湘南总司令、范国璋当副司令,齐力解决湖南一事。而这两人不但不支援,反而还有倒戈的倾向。

此时,又发生了一件事,令段祺瑞气得直接辞职。

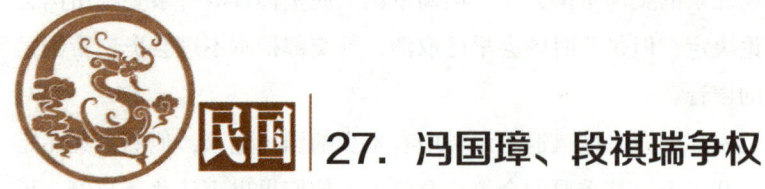

27. 冯国璋、段祺瑞争权

湖南动乱,段祺瑞派出的王汝贤、范国璋二人,非但不帮傅良佐平乱,反而写了封电报指责段祺瑞利用军人。

在独立军和两广军队的攻打下,傅良佐势单力薄,只好乘船逃跑。而刚到湖南的王汝贤,本以为自己能顺势上任,没想到独立军和两广军队并不认可他。王汝贤也跟在傅良佐的屁股后头,弃城逃跑了。

段祺瑞以为冯国璋会治王、范的罪,没想到冯国璋豁免了这两人,反而责罚了傅良佐等人。而这时,李纯等人联合直隶督军曹锟,一起反对段祺瑞。这几人都是冯国璋的势力,其中意味不言而喻。

种种压力之下,段祺瑞接连写了两封辞职信。冯国璋假意挽留一番,便也答应了。随后,冯国璋任命无党派人士王士珍当陆军总长,同时兼任代理总理。王士珍代理总理之后,第一件事就是重组内阁,把内阁成员作了大更换。

没想到的是,南方军反对段祺瑞,也并不支持冯国璋,仍旧闹着要独立。

这时,段祺瑞的军师徐树铮陆续有所动作。他找到安徽督军倪嗣冲、奉天督军张作霖,笼络他们帮助段祺瑞。而曹锟原本是反对段祺瑞的,北洋元老徐世昌听说之后,便去劝说曹锟支持段祺瑞。

当时,徐世昌找到曹锟,晓之以理,动之以情,徐世昌说:"芝

27. 冯国璋、段祺瑞争权

泉（段祺瑞的字）太过于自信，华甫（冯国璋的字）则不应该教唆范、王二人，以至于倒戈，最终失去湖湘，他们两个都有失策的地方，不知道以后还要闹到什么地步才算完呢？"

曹锟不知道该说什么，只是应了一声"是"。

徐世昌笑着捋了捋胡须，继续说道："你们作为北洋的老人，不给冯、段二人调停，恐怕从此以后北洋就要分裂了，到时候就会让民党的人钻了空子。"

曹锟一听，脸色大变，问道："这的确是需要担心的地方，您认为应该怎么办呢？"

徐世昌趁机说道："你现在居北洋之首，如果任由北洋四分五裂，你也是有责任的！"

曹锟听了，急忙应声说道："幸亏得到您的指教，我现在是如梦初醒。"

随后，曹锟便扭头和段祺瑞言和。

随后，陕西、河南、福建、浙江、上海、奉天等省份，各自派出代表到天津开会。在会上，各省份结成同盟，曹锟等人联合各省军阀，上书北京政府，要求联合讨伐西南军。冯国璋任命王士珍，本就是希望和平解决此事。现在各省联名上书，明摆着是段祺瑞在从中作梗，他也无可奈何。

北京政府的人商量半天，为了笼住段派势力，策划出一个新的职位：参战督办。职责是与协约国打交道，督办军务，显然是为主战的段祺瑞量身定制的。偏偏段祺瑞只想手捏实权，最后，陆军总长一职也交还到他一派的段芝贵手上了。

段祺瑞重新登台后，迫不及待地想要和西南军开战。但是冯国璋以临近新年等种种借口，越拖越久。等段祺瑞等人发觉不对劲的时候，冯国璋已经悄然离开北京了。对此，冯国璋给出的理由是慰

问百姓，巡查国情。

其实，冯国璋此番外出，是为了笼络直隶派和段派，巩固自己的地位。他来到天津，找曹锟谈了一晚上。曹锟虽然之前和段祺瑞言和，但是他身为直隶派，对冯国璋还是态度友好的。曹锟认可冯国璋的想法，但是他认为想要主和，必须先肃清湖南，给西南军一个下马威。

冯国璋和曹锟谈完话之后，又马上去蚌埠找倪嗣冲。等冯国璋到了火车站，倪嗣冲指挥军队迎接冯国璋入署，双方寒暄完毕，倪嗣冲捋着胡子，笑着说道："总统为什么微服私访到此呢？"

冯国璋笑着接话："我也不是微服私访，我这是看你们在军中辛苦，特来慰劳。"

倪嗣冲说："总统出行应该布告沿途官员，现在各地的官员都不知道您出行的事情，想必总统是有什么高见，还请明示。"

冯国璋回答说："我要是提前告诉沿途我要出巡，沿途官员肯定要准备，反而叨扰了地方，所以这才暗地里出巡。"

倪嗣冲冷笑着说："总统爱护地方，这自然是好事，但是突然出京城，如果途中遭遇不测，岂不是误了国家大事。"

冯国璋说："我在京城所看所闻都有限，各省的军队是否可用，我总得来看一看，如果像是傅良佐一样贻误战机，岂不是又给我添了笑话吗？"

倪嗣冲见冯国璋这样说话，便脸色不悦，说道："总统也不能只怪罪傅良佐，范、王二人的罪责也不比他的小，怎么不治罪呢？"

冯国璋被他这么一说，脸上顿时火辣辣的，勉强定了定神色，又与倪嗣冲说起战与和的好坏，倪嗣冲根本不给他面子，直接说："南方如此猖獗，不能言和，只有一战！"

冯国璋还想笼络倪嗣冲，可惜对方是段祺瑞的人，根本不给他

27. 冯国璋、段祺瑞争权

这个机会。等到山东督军张怀芝与四省剿匪督办张敬尧到了，又与倪嗣冲所说话语一致，搞得冯国璋越发不知道该怎么办。

冯国璋知道待在这里没有什么结果，就想要辞行去江南，结果却被倪嗣冲拦住了，倪嗣冲说："总统想要去江南，何必亲自去？想找谁，直接发个电报就好了。"

冯国璋没有办法，只好依着他。

之后，倪嗣冲又逼迫冯国璋让出总统的位置给段祺瑞，对冯国璋非常不客气地说，要是他不肯主战，就退位。要是不肯退位，就让段祺瑞率领大家踏平西南。

冯国璋见段派的意志坚定，笼络不了这些人，便只好灰溜溜地回到北京。

西南军逐渐占领湖南各地，冯国璋只好任命曹锟、张怀芝、张

阻蚌埠 折回 总统驾

敬尧为总司令，派兵援助湖南。同时冯国璋下了命令，惩罚在湖南动乱中失职的长官。这次冯国璋不仅严办了傅良佐，为了避免段派的人说闲话，干脆也撤了王汝贤、范国璋的职位。

没想到的是，傅良佐不服从冯国璋的降罪，反而说冯国璋偏心、乱定罪。这一看就是借着段祺瑞为自己撑腰。冯国璋对此也是无可奈何，自上任以来，他的一举一动几乎都在段祺瑞等人的控制之下，难以施展拳脚。

这时，段派的人越发嚣张。徐树铮看到段祺瑞还没有恢复国务总理的职位，便和奉天都督张作霖密谋一番。没过几天，奉天都督张作霖劫持军火，震惊了北京政府。原来，这批军火是北京政府向日本采购的，张作霖以军火不够用为由，直接把船上的货物洗劫一空。接着他陈兵京奉铁路一带，威慑北京。

冯国璋知道这是徐树铮策划的，对徐树铮十分怨恨，但是又想不出办法打压他。而随着湖南战乱的逐渐平息，段派更加得意洋洋，徐树铮更是致电北京政府，要求恢复段祺瑞的总理一职，否则就攻打北京。

无奈之下，冯国璋只好重新起任段祺瑞为国务总理。段总理这次进行内阁组建，只是进行了小小的变动，让交通总长曹汝霖兼任财政总长，任朱深为司法总长。至于陆军总长的职位，仍留给了和自己同乡同系的段芝贵。

28. 南北对立

湖南战乱虽然平息，但是战后满目疮痍，打仗的地方已经成了一座座空城。北京政府先后拨款共计十万元，赈济湖南难民。可惜湖南人民远超十万人，这批救济款无疑是杯水车薪。

段祺瑞乘着北军连胜的东风来到湖北，号召曹锟等人一鼓作气平定西南军。曹锟之前同冯国璋约好，等平定湖南战乱之后便停战主和。此刻，他也不直接反对段祺瑞的意见，而是抛出一个一针见血的问题：军饷紧缺。

段祺瑞满口答应，表示自己会处理好这个问题。回到北京之后，段祺瑞以修理电台和增加无线电设备为由，向日本银行贷款两千万日元，并以电信收入为抵押。电信收入之前已经是用作向丹麦和法国借款的抵押了，两国知道此事之后，马上提出抗议。段祺瑞早有对策，马上回应电信收入尚有余款，给周旋了过去。

两千万日元借款到手之后，段祺瑞拿出部分用作军饷。而第一陆军总司令曹锟催得很急，反馈说分到的军饷远远不够。段祺瑞只好以顺济铁路为抵押，再向日本借了两千万日元。

而这时，曹锟却以军饷不足为由带兵回到北方。冯国璋还下了特令，任命曹锟为四川、广东、湖南、江西四省的经略使，让曹锟驻军保定。面对段祺瑞的质疑，冯国璋却说这四省尚未彻底平定，调走曹锟是要他平定四省。

段祺瑞放弃在曹锟身上下功夫，他注意到两广巡阅使龙济光被排挤到海南，而福建督军李厚基接近广东。于是他催促龙济光和李厚基出兵攻打广东，并且命令浙江督军杨善德派兵支援。

龙济光越过琼州海峡，攻打广东阳江。阳江的广东军毫无防备，很快便弃城而逃。但是紧接着，广东军司令李烈钧率兵赶来，攻打龙济光。李烈钧和龙济光这两人是死对头，硬碰硬地打了好几次硬仗。

而这次，龙济光的部队都是些老弱病残，而李烈钧的部队都英勇善战。两军相交，龙军被李军打得节节败退。眼看唯一的希望落在福建军身上了。

可惜，福建都督李厚基为官不仁，平日里带着士兵欺压百姓，只知道喊喊主战的口号，根本就按兵不动。还没等福建军有所动作，广东军先攻进了福建的部分地区。李厚基自身难保，马上请求浙军帮忙。浙江援军一到，这才把广东军驱逐出了福建。

但是即便如此，在福建和广东的交界处，福建军和广东军仍旧打得难舍难分，更别说分出兵力协助龙济光的部队了。龙济光无奈之下，把剩下的残兵交给弟弟龙裕光统领，自己则坐船跑到北京求助段祺瑞。

国内一波未平一波又起，国外局势也发生了翻天覆地的变化。

毗（pí）邻中国的俄国，因为不满帝国主义战争，加上广大劳动人民长期受到沙皇的压迫，革命派发动二月革命，推翻了统治俄国三百多年的沙皇专制制度。正所谓螳螂捕蝉，黄雀在后。俄国政局动荡，引起了德国的觊觎，德军趁此机会逼近俄国的边界。

28. 南北对立

德国的这一举动引发了俄、中两国的焦虑。要知道,从地理位置上来说,俄国和中国的西北地区紧紧挨着,假如俄国被德国占领了,下一个遭殃的,肯定就是曾经对德宣战的中国。

这下可好,主战发起人段祺瑞坐不住了,他马上致电驻日公使章宗祥,让他负责笼络日本政府。日本政府当然很爽快地答应了,还拟定了中日合作的军事协议十二条。这十二条协议,无非是强调中日军队之间互相协作、互相提供武器、互相交换军事地图等。

双方秘密签约之后,没想到被日本报馆爆料出来,引发了国内各界人士的抗议。南方军政府担心段祺瑞和日本人勾结,借助他们的势力来攻打自己,于是发了封电报给冯国璋,怒骂段祺瑞等人是卖国贼。冯国璋喜闻乐见,马上拿给段祺瑞看。

果不其然,这封电报看得段祺瑞怒火中烧,更加下定决心,

集日员会商军约

要和南方军拼个你死我活。在不到三个月的时间里，段祺瑞为了武力征服南方，竟然找日本借了五次外债。其间，把铁路、盐税等能抵押的都抵押上了，也不顾后果。

段祺瑞越和日本人沆瀣（hàng xiè）一气，南方军越是团结一致。南方各省的军阀组建了非常国会，选出唐绍仪、唐继尧、孙中山、伍廷芳、林葆怿（yì）、陆荣廷、岑春煊七人，组织军政会议。由此，南方军政府成立，中国逐步走向南北对立。

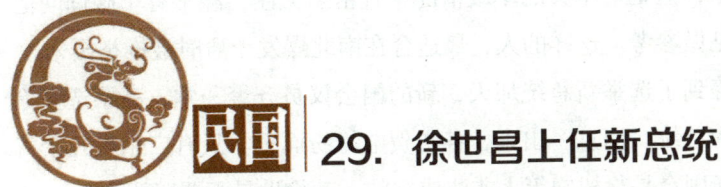

29. 徐世昌上任新总统

之前龙济光不敌南方军,进京求助段祺瑞。段祺瑞命令援粤总司令张怀芝带兵支援,谁能料到,张怀芝却在这个紧要的关头病倒了。没有了元帅的张军如同一盘散沙,反而被南方军突袭。

随着湖南、福建等地的战乱愈演愈烈,段派武力平定南方的法子再也行不通了。不管是武力平定,或者是大借款,都是军师徐树铮出的主意。徐树铮眼看着平南政策失败,认为都是冯派做的手脚,便起了除掉冯国璋的心思。

徐树铮全心全意地笼络各界人士,拉拢了一百多人,组建了一个安福党,里面都是拥护段祺瑞的人。这个安福党的作用,就是为了新国会选举新总统做准备。冯国璋任期满了一年,因为有徐树铮等人从中作梗,便很难再连任。但是冯国璋也没有闲着,故意发了封电报,表达了自己和平统一的想法,还非常直白地让议员选举爱好和平的总统。

这时,南方军也发来电报,表示新国会无论选谁当总统都不承认。段祺瑞收到这两封电报,无可奈何之下,只好声明愿意和冯国璋一起下台。徐树铮努力了这么久,最终竹篮打水一场空,这时,他想到了一个德高望重的人。

这人就是前清内阁协理大臣、前国务总理徐世昌。徐世昌虽然退休了,但是对中央的军政情况一直密切关注,经常有军阀询问他的意见做参考。这样的人,最适合在南北爆发矛盾时被推举出来。

等到了选举新总统那天,新的国会议员齐聚一堂,高票选举徐世昌为总统。消息一出来,各省贺电纷纷而至。只有广东等几个省份说新国会是徐树铮等人非法成立的,劝徐世昌不要蹚浑水。

徐世昌假意推托几次,便答应上任了。冯国璋一卸任,段祺瑞也跟着辞职,徐世昌便安排内务总长钱能训代理国务总理一职。徐世昌是个主和派,正当他打算筹划南北统一一事时,蒙古那边却出了乱子。

原来,俄国闹革命之后,政权十分不稳定,内战打着打着,打到了中国蒙古境内。驻扎蒙古的办事员陈毅只好致电北京政府,请求援兵防守。徐世昌马上派兵驰援蒙古。

而这时,俄国的西伯利亚地区,捷克斯洛伐克军也成立了自治

29. 徐世昌上任新总统

政府，还请求协约国支援。大部分的协约国收到消息，都派兵前往海参崴支援。徐世昌上台之后，也派出两千名士兵支援捷克军队。

在美国参战的情况下，德国节节败退，第一次世界大战落下帷幕。国外局势稍显稳定之后，徐世昌眼看自己劝说无果，便请求美、英、法、日等国家帮忙调停南北矛盾。美国大使出面劝说，广东军政府果然宣布前线休战。五国大使又联合写了封电报给北京政府和广东军政府，进一步劝和。

虽然国内停战，南北表面上和睦往来，但是国内局势仍旧是一派民不聊生的景象。国库空虚，盐税、铁路等收入都用来偿还外债，财政常年赤字。北京政府一面向外国借款，一面向百姓发行国债。百姓不买账，政府就强行分摊指标到官员头上，惹得人人怨声载道。

除此之外，鸦片依然在毒害一部分中国人。原本前清和英国签订了限期禁烟协议，并且早已到期，国家下令把滞留在江苏的一千多箱鸦片销毁，民间也成立了万国禁烟会，强烈反对鸦片的流通。但是仍旧有人在非法偷买偷卖，甚至官商勾结，连军官都明目张胆地吸食大烟。短时间内，鸦片还不能彻底被逐出中国。

之后，广东政务总裁岑春煊和徐世昌互相往来了几封电报，言语之间已经开始有言和之意。只不过在谈判的地点上还不能统一，北方希望在南京开会，南方希望在上海开会，都是想离自己的政府近一些，拥有更多的主动权。

最后，双方决定在上海开会。会议进行得并不顺利，双方虽然并没有动武，但是免不了在一些问题上口诛笔伐。这时候，另外一件大事的发生，使得南北会议暂停了。

彼时，欧洲大战结束，中国作为胜利的协约国之一，虽然主战场不在中国，但是同享胜利的荣耀。北京召开盛大的协约国庆功大会，徐世昌还到太和殿前面观看大阅兵。全国各地也张灯结彩，显

得好不热闹。

　　没过几天，战胜的协约国约定在法国巴黎凡尔赛宫开会，商量战后成果的分配问题。中国作为战胜国之一，也派人前去参加。

　　这一去，便产生了中国外交史上的经典场面。

30. 巴黎和会外交

协约国在法国巴黎筹备议和会议，中国派出外交总长陆徵祥前往参加。随后，顾维钧、王正延、施肇基、魏宸组等人也作为和会全权委员来到巴黎。

巴黎和会中，与会的共有二十七个国家的大使、代表及秘书，共一千多人。德国等战败国被拒之门外。

出席会议的国家被划分为四等，第一等是享有全部利益的交战国，即美、法、英、意、日五国，五国可以出席任何会议；第二等是享有部分利益的交战国，如中国、巴西，只能出席和本国有关的会议；第三等是和德国断交的国家，他们只能出席直接涉及本国利益的会议；第四等就是中立国，只有被五国邀请才能出席。

各国出席名额也不一致，中国有两个名额，陆徵祥固定出席，另外一个由和会全权委员轮流出席。而美、法、英、意、日五国则各自派出五位代表与会。由此可以看出，五国对和会有操控权。

在中德问题上，五国最终商议的结果是：一、除了山东胶州之外，德国放弃在中国的一切权利；二、北京使馆界的德国产业，未经协约国同意，不得擅自处理；三、汉口、天津租界万国公用；四、德国不得对中国有所要求；五、广州英租界的德国产业分给英国，上海法租界的德国产业分给法国。

之后，日本又在和会上提出霸王条款，赤裸裸地想把胶州和青岛的各项权利都抢过去。胶州之前之所以租给德国，是因为德国一个传教士在山东曹州遇害，德国政府派兵直接占领了山东。清政府为了息事宁人，只好把胶州租给德国九十九年。

一战期间，中国宣告中立，日本不顾公法派兵占领胶州，还跟中国承诺说以后会归还。其间，袁世凯和日本签的二十一条中也提到胶州，但是说明了要在战争结束后归还胶州。现如今日本非但强占胶州湾的路权、矿权，还想把青岛也一并收入囊中。对此，其他四国只是默认。

面对日本的鲸吞蚕食，陆徵祥等人坐不住了，当场写了份驳斥文书交由与会的人公判。文书里面细数了山东对于中国的重要性，中国依法对自有主权进行维护、收回。日本大使看到文书，讽刺说之前为了替中国赶跑德国，日本出兵出钱出力，付出了不少代价。

30. 巴黎和会外交

中国如果不能弥补他们的损失,就把德国享有的权利转让给日本。

陆徵祥等人只好再次抗议,说德国和日本都是以非法手段占领山东,而山东是中国孔孟文化的发祥地,中国不可能让出。对此,日本并不理会,其他四国也一副事不关己、高高挂起的态度。

这时,日本要强占山东胶州、青岛的消息传到国内。各大高校学生们非常愤怒,自发组织起爱国示威游行,还做出了火烧曹宅的极端事件。原来,之前一系列与日本签订的丧权辱国的条约,都是曹汝霖、陆宗舆、章宗祥三人签署的。而这次的巴黎和会,章宗祥见到陆徵祥和自己意见不一致,怕日本政府问责自己,便打算让顾维钧、王正延回国,自己和曹汝霖代替他俩参与巴黎和会。

这个消息被日本报纸披露,章宗祥看着纸包不住火,本来想暂时在日本避避风头,没想到北京政府这时候传唤他回国。章宗祥到了车站,被十几个中国留学生团团围住,怒骂他是卖国贼。最后还是在日本警察的帮助下,章宗祥才得以安然离开。

章宗祥好不容易回到北京,马上就找到曹汝霖和陆宗舆,和他们密谋收买顾维钧、王正延一事。他们了解到,顾维钧的妻子唐宝玥(唐绍仪的女儿)因病离世,顾维钧一直未娶妻。曹汝霖便打算使用美人计,让自己的妹妹嫁给顾维钧,借此诱惑他回国。可惜即便是请了梁启超当说客,顾维钧也不为所动。

而这时,日本留学生声讨卖国贼的电报传到北京,激起了不少学生的爱国之心。这群年轻的祖国栋梁,再也无法坐视不理。

31. 五四运动

第一次世界大战结束后,中国作为战胜的协约国之一,提出废除外国在中国的违法权利等要求。巴黎和会上,美、英、法、意、日五国不仅无视中国代表的提案,反而决定将德国在山东的权利转让给日本。消息传到国内,北京学生当即决定联合起来。

民国八年五月三日(1919年5月3日),北京大学在法科大礼堂召开了全体学生临时会议,北京其他高校学生也纷纷加入。会议上,学生们商量出以下四个办法:一、联合社会各界据理力争;二、通电陆徵祥等人,让他们拒绝签字;三、通电各省,在5月7日举行国耻纪念日示威游行;四、北京各高校学生在5月4日当天,聚集天安门进行示威游行。

在会议期间,有几位学生代表上台演讲,讲得慷慨激昂。群情激奋之下,有一位叫谢绍敏的学生跑上台,他咬破中指、扯碎衣服,在上面写了四个血淋淋的大字:还我青岛!这样慷慨悲愤的场面,引得在场的人百感交集,当场爆发出雷鸣般的掌声。

到了5月4日这天,北京十几所高校的代表们如约而至,就当天的活动内容进行了详细的讨论。下午两点,三千多名学生齐聚北京天安门,在天安门的桥南插了一根白色的旗帜,上面写着:

卖国求荣,早知曹瞒遗种碑无字。

31. 五四运动

倾心媚外,不期章惇余孽死有头。

最底下一行字写着:

北京学界挽卖国贼曹汝霖、章宗祥遗臭千古。

学生代表在天安门广场演讲,表示要坚持山东主权原则,严惩卖国贼。演讲完毕之后,学生干部们又派发爱国传单。这时候,京师警察总监吴炳湘派出的警察到了,不由分说地抢走一半的传单,说帮他们分发。结果,一扭头就把五千多张传单销毁了。此时,教育部也派人前来劝说学生,并向他们保证政府会代为解决一切问题。

按照原计划,学生们来到东交民巷,想要请求各国大使协助中国,帮忙争回青岛。结果,这几位大使都不在使馆里。学生们没有办法,只好来到东城赵家楼曹汝霖的家里。这时有十几个警察守在门口,拒绝学生进入。

这群学生正值热血沸腾之际,当下就和警察起了冲突。其余的学生要么拿石头砸窗户,要么把写着"曹汝霖卖国贼"的白旗插在曹宅屋顶。而突然之间,曹宅的大门一下打开了。学生们蜂拥而入,可惜曹汝霖早就逃跑了。

当时曹汝霖本来和章宗祥以及几个日本人在密室里谈话,听到学生们喊打喊杀的声音,就让章宗祥和日本人做挡箭牌,自己则趁乱跑出去。曹汝霖翻墙出去的时候,还不小心摔伤了腿。

学生们冲进曹宅大厅,发现一个人也没有。学生们看着那些昂贵的红木家具,认为这些都是曹汝霖中饱私囊得来的,便气得开始砸家具。随后,学生们走到曹宅花园处,看到章宗祥和几个日本人,正在和他们大眼瞪小眼。

学生们走上前去,看着这几个人,指着其中一个说道:"他就是章宗祥。你作为中国人,为什么要当日本人的奴仆?"

章宗祥还没说话,旁边的日本人已经脸色大变,愤怒地注视着学生们。学生们更加恼怒,大骂道:"章宗祥,你是请他来做保镖吗?你要是中国官员,我们反而会尊重你,如果你要仰仗日本人,那就是卖国贼!我们容不得你这样的卖国贼!"

章宗祥起身,大声问道:"你们都是读书明理的学生,为什么要作乱?"

听到"作乱",学生们顿时怒火中烧,对待卖国贼哪里还会以礼相待?直接朝着章宗祥挥起了拳头,把章宗祥打得鼻青脸肿。由于有日本人在场,学生们为了避免日本人借题发挥,打了章宗祥一顿便扭头就走。

这时,学生们找不到曹汝霖,怒火无处发泄之下,一个叫匡互生的学生举起火把,一把火烧了曹宅。学生们火烧曹宅之后,马上

31. 五四运动

趁着滚滚浓烟冲了出去。而曹宅外面来了不少的警察，他们一边救火，一边还不忘逮捕一些落在后头的学生。

学生们游行结束之后，发现少了十九个学生，非常气愤。他们再次在北京大学法科大礼堂召开会议，扬言要到警察厅交涉。北京大学校长蔡元培也来了，他安抚好躁动的学生，独身一人前往警察厅交涉。

与此同时，曹汝霖和章宗祥两人都躺在医院，不约而同地写了几份报告，要求政府严惩这批学生。一面是年轻的学生，一面是自己的得力干将，徐世昌两头为难之下，写了份不痛不痒的通告。在这份通告里，徐总统既没有偏袒曹汝霖、章宗祥，也没有责罚学生，而是将祸水东引，指责警察局总监吴炳湘办事不力。

可是，吴炳湘不愿平白背黑锅，也写了份报告指责学生放火和打人。曹汝霖、章宗祥的势力也在煽风点火，请求政府严惩学生。徐世昌无奈之下，只好宣布把事发当天逮捕的涉事学生交由法庭处理。

这条通告引发了学术界的轰动，蔡元培频繁前往警察厅请求保释学生。但是狡猾的吴炳湘每次都含糊回应，气得蔡元培直接辞去校长一职，离开了乌烟瘴气的北京。

北京的五四运动遭到政府镇压，以失败告终。但是北京学生们不屈不挠的精神感染了全国人民，各地纷纷兴起汹涌的爱国运动。

32. 反对辱国条约

5月7日是民国四年日本强提《二十一条》的纪念日，5月9日是袁政府宣布接受丧权辱国《二十一条》的日子，又称五九国耻纪念日。在这期间，上海西门外的一个体育场聚集了两万多人，这些人有的是学生，有的是商会人士，有的是爱国组织成员。

会议确定了四条办法，一是致电陆徵祥等人，拒绝在青岛问题相关文件上签字；二是致电英、美、法、意四国代表，陈述青岛主权之重要性；三是致电省会各界人士团结一致；四是派出代表前往南北和会沟通五四运动遗留问题。

与此同时，在日本的留学生也自发组织起爱国运动。他们周旋于各国驻日大使馆，请求这些外国大使的帮助。各国大使都表示会本着人道主义精神帮助中国，偏偏只有中国大使闭门不见。后来日本警察插手，竟然把几位中国留学生打成重伤，还把参与爱国行动的部分留学生关进了监狱。

上海总会得知了这件事，一方面安抚留学生，另一方面严厉声明要抵制日货。上海总会的号召得到社会各界人士的呼应，由此掀起一波抵制日货的浪潮。巴黎和会上的日本人也收到中国抵制日货的消息，日本代表牧野男爵发表了关于山东主权归还的陈述书，但是始终没有把条约加入正式合约的意思，中日双方就青岛问题一直僵

32. 反对辱国条约

持着。

留日学生被暴力殴打的消息传到广州,广州人民组织了一个国民外交后援会,参与会议的有十多万人。这些人给广东军政府写了请愿书,请求岑春煊等人在青岛问题和五四运动问题上据理力争。总代表唐绍仪收到岑春煊的转达,马上召开议和会议讨论。可惜的是,南北两方在接近一个月的谈判中,已经火药味十足,现如今又增添进来新的问题,更是徒增矛盾。

北京这边的情况也进一步变得严峻,学生见徐政府没有严惩卖国贼,在外交和谈上也无进展,便自发组织起罢课。这群罢课的北京学生,还成立了一个几千人的演讲团,在北京各地进行爱国演讲,吸引了不少人驻足观看。警察厅派人分头行动,四处镇压学生演讲,还把学生软禁在北京大学的教堂里。

上海收到消息,各界人士马上联合起来,学界发文号召,商界

罢市呼应。一时间，上海大大小小的高校罢课，街头巷尾的商铺也关了门。每家商铺都挂着一面白旗，写着"万众一心，同声呼吁，力抗汉奸，唤醒政府"之类的宣言。其他城市在上海罢市之后，也响应号召，学生罢课，商人罢市，工人罢工。

中国人罢市，在上海赚钱的外国人坐不住了，中外官员纷纷给北京政府发来电报。北京政府迫于国内外压力，只好在上海罢市六天后释放了被捕的学生，同时免去曹汝霖三人的职务。随后，学生回到学校，商人开市，工人开工，全国都恢复了正常的生活秩序。由于山东问题尚未解决，国内各省抗议声仍旧不绝于耳。

到了7月2日，巴黎发来电报，各协约国说对德合约已经商议好，只有中国还没签字。随后，日本单独发来公文，说愿意归还胶州湾给中国，但仍然要继承德国在山东的权利。南北方政府都反对私下交涉，否决了日本的提案。

这时，俄国因为党派之争内战不断，呼伦贝尔担心殃及自身，主动请求取消中俄协议中的特别区域地位，回归中央统治。不久后，俄国的社会主义政党夺得政权，并宣布不会侵犯其他国家领土。各国纷纷撤兵，而中国因为先前和日本的军事协议，日本不撤兵，中国士兵也迟迟不能回到祖国。

日本丝毫没有掩饰自己的野心，开始做一些越权的事情。比如借着"保护满洲"的名义，派兵占领满洲车站，禁止行人出入。又在中东铁路附近增加兵力，还打伤了中国的护路军。这些摩擦频繁发生，中国多次和日本进行交涉，却都没什么下文。

外有日本的不断挑衅，内有派别的矛盾加剧。西南军虽然统一成立了广东军政府，实际上还是分成滇、粤、桂三个派别，各有自己的领袖。滇派领袖是云南督军唐继尧，粤派领袖是孙中山，桂派领袖是岑春煊。

32. 反对辱国条约

之前唐继尧免除驻粤滇军李根源的职务，让云南督军直接管辖驻粤滇军。但是广东督军莫荣新却反其道而行之，命令驻粤滇军听从李根源统领。这下，驻粤滇军直接被分割成两部分，一部分听唐继尧的，一部分听李根源的。

滇军和粤军摩擦不断，唐继尧任命弟弟唐继虞为援粤总司令。桂派陆荣廷也亲自率兵支援莫荣新，大战一触即发。虽然经由军政府总裁岑春煊出面，双方没有爆发一场大战，但是滇派、桂派之间已经撕破脸皮。

而此时，岑春煊、陆荣廷因为有意归顺北方政府，也被人指责背叛革命党。

33. 直皖大战

滇、桂两派明争暗斗之下,不少人提出辞职,连政务总裁外交兼财政部部长伍廷芳也离开了广东。伍廷芳来到上海,找到孙中山、唐绍仪等人,要联合成立一个新的军政府。

自从张敬尧当上湖南省总督之后,平日里嚣张跋扈不说,推行的举措还不能解决湖南人民的困境。就连湘中官员熊希龄、第三师师长吴佩孚等人,都对张敬尧十分不满。吴佩孚更是武官做派,几次申请撤兵北返,不等中央同意,就直接带着全师的士兵回到了北方。

吴佩孚是曹锟一手带出来的军官,又曾是时任国务总理靳云鹏的学生,段派便直接把吴佩孚肆意撤兵的罪过迁怒于靳云鹏,气得靳云鹏直接写了辞职信。

没想到,吴佩孚撤兵之后,南方谭延闿军趁机攻打湖南。张敬尧打不过,连忙求助北京政府。本来张敬尧就是段祺瑞指派的人,徐世昌干脆直接让人把张敬尧的求助信转交给段祺瑞。段祺瑞一看,连忙让吴光新率兵支援湖南。

这时候,湖南多地被骁勇善战的南方军占领,张敬尧的军队节节败退。徐世昌知道后,顺理成章地免了张敬尧的都督一职。之后接任都督的吴光新,也不敌南方军,陆续退出湖南。最后,湖南被

33. 直皖大战

南方军彻底占领。

话说吴佩孚回到北方之后,第一件事便是前往保定找曹锟密谋。曹锟此人虽然权势大,但是能力一般,之前攻打湖南有功被袁世凯大力提拔,也是因为手底下有吴佩孚这个猛将。因此,他对吴佩孚几乎是有求必应。

吴佩孚借曹锟之名,号召各省军官在保定开将士追悼会。名义上是开追悼会,实际上吴佩孚打算联合各省兵力,铲除徐树铮等人组成的安福部。没过多久,长江流域的六个省,黄河流域的六个省以及新疆,组成了一个十三省同盟,以吴佩孚为首。

徐世昌知道了此事,马上请东三省巡阅使张作霖做和事佬。张作霖也想借机扩大自己的势力,便爽快地答应了。

张作霖来到保定,被曹锟等人以好酒好肉招待。但是谈及和平解决与段派的争端,曹锟模棱两可,只有吴佩孚挺身而出,说道:"我并非只想要打仗,不想要和平。现在国家危急,人心不稳,内政不修,外交失败,正是岌岌可危的时候。这都是因为安福党那些人只顾醉生梦死,他们不顾全国的舆论,抵押国土,丧失国权,引狼入室,全无心肝,竟然把国家搅和到这种地步。如果国家都没有了,还有我们个人的小家吗?我们身为军人,吃的是国家的俸禄,怎么能不替国家考虑呢?我的部下们虽然不能说勇武,但也知道大义,之前打下岳州和长沙便是证明。不管是什么党派,如果不爱国,只顾着耍阴谋诡计,那就算是我吴佩孚作为军人恪守不干政的本分,恐怕我那些部下也不会答应,到时候我也管不了他们!"

张作霖听罢,知道吴佩孚这些话里已经带了威胁的味道,便徐徐说道:"吴师长不要心急,事情都是可以商量的,何必动武呢?到时候受苦的还是老百姓。"

曹锟也劝吴佩孚不要着急,先吃饭喝酒。

等到宴席快要散了，大家又商议出一个办法：一是挽留靳总理，二是内阁局部改组，三是撤换王揖唐议和总代表，四、五两条是安插边防军以及对付西南军。

吴佩孚不同意这个办法，表示这个办法并不能解决国家所遇到的问题，一切还要从根源上解决。

张作霖问："怎么从根本上解决呢？"

吴佩孚说："解散安福党，撤换他们在政府中的人员，尤其是段祺瑞和徐树铮，这两个人必须撤掉！这才能从根本上解决问题。"

张作霖沉默着不说话，曹锟在旁边插话说："夜已经深了，不如明天再说吧。"

到了第二天，吃完午餐，大家再次聚在一起商议对策，最终讨论决定了六条办法：一是留靳云鹏继任总理，撤换财政总长李思浩、交通总长曾毓隽、司法总长朱深；二是撤换议和总代表王揖唐；三是湘事由和会解决；四是和会不能解决的事，应另开国民大会，共同解决；五是边防西北军、南方军队，以及各省兵额，同时裁减；六是开复张勋原官。

吴佩孚坚持要撤掉徐树铮，张作霖说："这件事不如等我入京，报告给徐大总统，到时候把他罢免了。"

吴佩孚这才满意，当下散会。张作霖辞别众人，踏上回京的路途。

张作霖回了北京，便把大家商议的六条办法报告给了徐世昌总统。徐世昌看完，对张作霖说："里面的人事任免已经执行了，不过有几条我也没办法现在做决定，还是要先通知一下段祺瑞，等他认可了，方可执行。"

张作霖说："那就先和老段商议一下。"

徐世昌说："那还得劳烦你去一趟。"

等张作霖把吴佩孚等人拟定的办法告诉了段祺瑞，段祺瑞顿时

33. 直皖大战

怒火中烧。张作霖劝说道："您要以大局为重,何必和这些小辈生气呢。"

段祺瑞怒道："吴佩孚不过是一个小小的师长,竟然敢对我发难,他尽管来打我,我的部队也不会怕他!"

张作霖劝说不动段祺瑞,只好把这些消息又告诉给吴佩孚,吴佩孚听了也是怒发冲冠,朗声对旁人说："段祺瑞既然说兵戎相见,无非是靠着外国的援助,我是堂堂中国男儿,愿意率领三千人,与他决战!"

旁边的张作霖听了,叹了一口气,说道："看来我这是白跑一趟了。"

曹锟于是插话问道："您觉得谁的做法是对的呢?"

张作霖说："我当然知道错在老段,但是徐大总统要我调停,我也只好遵命,现在他们都要兵戎相见了,那我只好回去复命,再回我关外的老家。"

曹锟于是趁机说："那到时候,还希望您能站在我们这一边。"

张作霖笑了笑说："等你们打赢了一仗,我再去调停,说不定就有结果了。"说完,就辞行回京。等张作霖到了北京,把事情都告诉了徐世昌,徐世昌与张作霖秘密地商议了许久,才定下来一个计策。

没过几天,北京一家报纸却报道了徐树铮的六宗罪,署名的有曹锟、张作霖和江西督军李纯。这六宗罪中有一宗"破坏统一"又是怎么一回事呢?

原来,自从一战结束后,段祺瑞的参战督办一职理应取消。可徐世昌又改了个名称,让段祺瑞负责镇守边防,管理边境冲突。此时,徐树铮自告奋勇当了个西北筹边使,要去接洽主动归顺的呼伦贝尔。徐树铮驻扎在库伦的时候,得知张作霖要当直、皖两派的和

143 /

事佬，便赶回北京想要收买张作霖。

张作霖之前被徐树铮忽悠过，此时果断拒绝了。徐树铮在张作霖那里吃了瘪，竟然剑走偏锋，先是煽动俄军阻止奉军入关，又让东三省的土匪袭扰张作霖的地盘。只可惜，徐树铮算盘打得"啪啪"作响之时，张作霖已经收到消息，他气得和曹锟、李纯两人联名弹劾徐树铮。

徐树铮好歹是皖派的领头人之一，徐世昌免了他的职，又马上任命他为远威将军，借此安抚皖派。可段祺瑞不答应了，他和徐树铮商量着，一面让徐树铮率领护卫队逼迫徐世昌免了曹锟等人的职务，一面让段芝贵率兵进攻保定。

之后，徐树铮率兵包围总统府，强迫徐世昌严惩曹锟、曹锳、吴佩孚三人。在武力胁迫之下，徐世昌只好乖乖发了封电报。但是曹锟、吴佩孚也不是坐以待毙之人，他们早就想好了对策。曹锟任

33. 直皖大战

命吴佩孚为讨贼军总司令，总部设在天津。而张作霖也派出军队，支援讨贼军。

双方一经相遇，马上炮火连天，打得十分激烈。两军除了在主战场激烈交火之外，各自还发了几封电报告知全国，都企图通过舆论博得民心。

就在直、皖交战之际，南方军也插手了，岑春煊发了份电报痛斥段祺瑞。段祺瑞此时正打得热火朝天，哪里还理会得了南方军的落井下石？

皖派丧失民心，作战不力接连战败。眼看着皖派要全军覆没，羞愧之下，段祺瑞竟举起手枪打算自杀。

34. 徐树铮四处逃窜

皖军不敌直军,被打成一盘散沙。而段祺瑞作为总指挥长,起了以死谢罪的心思。旁边的人连忙夺过手枪,劝说段祺瑞入京,请求徐世昌下令停战。段祺瑞一面敦请停战,一面发了封电报为自己洗脱罪名。

可安福部先前滥借外债,肆意发动国内战争,人民的怒火哪里能这么容易平息?徐世昌派前国务总理靳云鹏等人找到吴佩孚,提出四条议和建议:一、严惩徐树铮;二、解散边防军;三、解散安福部;四、解散新国会。这四条和约,虽然只字未提段祺瑞,但每一条都和段祺瑞有关。

对于这四条和约,吴佩孚仍觉得不满意,曹锟也觉得责罚过轻。徐世昌一面要顾及段祺瑞的面子,一面又要安抚全国人民,只好再加了一些条件进来,除了完全瓦解段祺瑞的军权之外,还把段派大部分官员都撤职了。

段祺瑞被撤职,而徐树铮等人除了失去职位之外,还被严令查办。撤职跟严查可不一样,撤职就是卷铺盖走人,而严查期间如果直派严刑逼供,根本没有申冤的地方。徐树铮早在兵败之时就藏到了东交民巷的六国饭店里。躲在这里避难的,除了徐树铮外,还有段祺瑞等人。

34. 徐树铮四处逃窜

投使馆九人避祸

他们为什么都跑去东交民巷避难呢?原来,北京东交民巷里有各个国家的大使馆,北京政府的军队、警队无法进入。本来徐世昌下这些命令,就是借机展示政府的威严,并不会真的对徐树铮等人动手。但是徐树铮等人躲进了东交民巷,北京政府也费了一番功夫,找到各国的大使帮忙驱逐这些人。

这可不是小事,各国大使还特意聚在一起开了个会议。英、法、美三国大使站在曹锟一边,他们认为徐树铮等人扰乱京师,祸及中外人民,不能按照世界公约来收留他们。而日、意两国大使却持反对意见。所以,英、法、美三国大使发布通告,勒令本国侨民不得包庇徐树铮等人。

徐树铮等人几乎是山穷水尽了。这时,他们见日本和意大利使馆没有发出驱逐通告,便相约着去日本大使馆寻求庇护。日本大使馆和他们关系不错,收留了这群人,北京政府也无可奈何。而徐树铮等人

在日本银行里有大量存款，一时间也衣食无忧，反而如同度假一般。

其余不在北京的段派官员们，因为有充裕的时间逃跑，都躲进了就近的外国租界，比如上海英租界、法租界，以及天津租界。对于这些人，曹锟和吴佩孚没有一一追究，他们把目标对准徐树铮，向北京政府施压，要求抓到徐树铮等人。

中国外交部致电日本大使馆，没想到日本大使馆坦然承认收留了徐树铮等人。但是面对中国外交部提出的交出人犯要求，日本大使馆却以徐树铮等人是政治犯为由，接连两次拒绝了。徐世昌无计可施，曹锟和吴佩孚也不敢擅闯东交民巷，这件事便就此搁置。

此时，段祺瑞、徐树铮被扳倒，安福部解散，眼下相对要紧的事情就是筹建新一届国民大会。吴佩孚主动挑起大梁，草拟了八条大纲。这些大纲基本上没人反对，除了张作霖。张作霖认为国民大会根本没有必要。

紧接着，靳云鹏重新上任国务总理，他和徐世昌一样，都主张和平统一。因此，靳云鹏一上台便积极推进和议。但是南方军情况相比之前大有不同，南方军分裂出滇、黔、粤、桂四个派系，派系之间彼此敌对。

先前旧国会的部分议员来到云南开会，擅自免了岑春煊的职务，任命贵州督军刘显世当政务总裁。但是刘显世是支持唐继尧的，他们俩联合起来给各省发了电报，请求南北统一。曹锟、张作霖马上回应，表示愿意促成南北统一，但是要求解散现存的新旧国会。

新国会由段派势力组成，解散是南北方都喜闻乐见的事情。但是旧国会是依照《约法》成立的，并且议员们现在聚集在云南和广州两地，仍旧按照旧国会一切事宜进行着组织工作，南方必然不可能同意解散旧国会。

由此，新的问题又产生了。

35. 李纯之死

先前,段祺瑞主战遭到南方军的强烈反抗。虽然现在段祺瑞下台了,但是曹锟、张作霖两人的军阀身份,仍旧让南方持怀疑态度。而徐世昌的总统一职也是由新国会选举出来的,南方并不承认。

因此,南北方虽然互通电报,但是稍微沟通过后,便又陷入先前的僵持局面。而这时,湖南又不太平了。

湖南前任都督张敬尧有个兄弟叫张敬汤,在湖南战败之前当过旅长,眼见着张敬尧失势,自己被中央通缉,便煽动士兵造反。除了他之外,张敬尧旧部下刘振玉等人,也跟着在湖南各地带兵杀人放火、无恶不作。这群乱臣贼子被湖北督军王占元抓到后,一一枪毙。

中央刚解决完湖南的事情,江苏又发生了一件大事:督军李纯自杀了!

李纯年轻时候曾经跟着袁世凯在天津小站练兵,在抵抗国民党发起的二次革命中崭露头角,被袁氏政府提拔为江西都督。袁世凯称帝时,李纯被封为一等侯爵。等袁世凯失势,李纯马上倒戈相向抨击袁世凯。后面又被冯氏政府调任到江苏当都督。此时的李纯,年纪不过四十出头,可谓是风华正茂。

到了徐氏政府时期,李纯作为南北议和会议的总代表,为了南北议和问题煞费苦心,但是迟迟得不到成果,还被一些官员质疑其

目的。后来徐世昌任命李纯为江苏、安徽、江西三省巡阅使，江西督军陈光远不满李纯官高一头，马上表示强烈抗议。而安徽督军张文生、江苏士绅也附和，表示反对李纯上任，原因是李纯素来就不喜欢管理民政事务。

而这时，李纯看到江苏财政厅厅长俞纪琦因办事不力遭到无数百姓的诟病，便推荐自己的义子张文龢（hé）当财政厅厅长。张文龢这人，空说得一嘴的好话，为人却贪财好色。这下可好，江苏舆论哗然，怒斥李纯不管民政不说，还借机敛财。

李纯自认为平时做事一心为国为民，身家也不过几百万，相比其他的军阀可以算是"清廉"了，却没想到不仅官场失意，百姓也不爱戴他。重重打击之下，心理承受能力低的李纯交代好身前身后事，便举枪自杀了。

实际上，李纯的死绝不是自杀，凶手仍在逍遥。那段时间，李纯虽然经常发发牢骚，时常情绪低落，但是并没有真心想要自杀。他的部下也不愿看到他颓废的样子，便纷纷让巡阅使副使齐燮（xiè）元去劝说他，齐燮元爽快地答应了。

齐燮元看见李纯，便笑着说："大帅好几天没打牌了，今天大家都闲着，大帅得赏脸给我们，陪我们玩个八圈。这倒不是齐燮元不懂礼貌，非要逼着大帅和我们打牌，实在是昨天发了军饷，不知道为什么，这批银圆不听我的指挥，非要回来伺候大帅。所以啊，今天我带着这些银圆来见大帅，大帅要是不给我解决这个问题，银圆闹起来，我可就只能头疼了。"

几句话说得李纯哈哈大笑，于是开始吩咐手下组织牌局。

等到八圈打完，李纯赢了很多，余兴不减，笑着说道："我是赢家，按照规矩只能是劝你们继续打下去，不知道你们还有没有兴趣呢？"

35. 李纯之死

齐燮元这时候却笑着说："大帅已经把我的银圆部下招回去伺候自己啦，难道还要再招点新军吗？"

李纯也笑着开玩笑说："中央已经明确了命令，各省停止招兵，我们怎么敢违抗命令呢？放心吧，要是我再招兵，你们就给中央告状，弹劾我一个违抗命令的罪状。"

说完，大家又是乐得哈哈大笑起来。

李纯正笑着，忽然肚子又闹起来，于是便招呼秘书顶替自己，起身去上厕所，去厕所的半途路过三姨太的房间，好巧不巧，竟撞见三姨太和一个韩姓副官私通！

李纯愤怒地冲进去，还被蹲在门口放风的李妈绊倒了。李纯刚想破口大骂，却突然被一粒子弹打穿了身体，呜呼咽气。韩副官杀了李纯之后，把李妈也送上了黄泉路。前来寻李纯的齐燮元听到枪声，带着贴身护卫赶到现场。

这时，韩副官还在和三姨太收拾衣服，准备逃之夭夭，而那把作案的手枪正放在李纯的胸口。见到齐燮元来了，韩副官马上磕头求饶，请求齐燮元放自己一马。没想到的是，齐燮元不但答应了，还帮他们把命案现场伪造成李纯自杀的样子。

不仅如此，齐燮元还模仿李纯的笔迹，临时伪造了一份遗书。遗书上面写着，李纯因为近期的批评指责，已经没脸活着了。所以他决定自杀，把督军的位置让给齐燮元。这下，齐燮元的狐狸尾巴可藏不住了！

三姨太等人此刻也发挥了超乎寻常的演技，把莫须有的事情说得神乎其神。还把李妈的死因推到李纯的身上，说李妈惹李纯生气，才被李纯一枪毙命。

从杀人到伪造自杀现场，再到齐燮元等人对着众人撒谎，时间才过了四五个小时，竟处理得如此周密。

　　李纯一死，齐燮元马上踩着他的尸身上位，要求中央给他三省督军和巡阅使的头衔。但齐燮元知道好事不能一蹴而就，便先贿赂周围的势力，把手中的军粮借给新安武军。同时大力操办李纯的丧礼，趁机拉拢人心。他费尽千辛万苦，才得到代理都督一职。

　　但是苏州人民不满意李纯，更不会让其他的外人来治理自己，便趁机要求废除都督一职。而北京政府正担心其他人觊觎江苏督军职位，趁机大动干戈来抢夺。

　　在当时，国务总理靳云鹏是热门人选，可他并不愿意南下。另外，王士珍、吴佩孚、陈光远等人都是强有力的竞争人选。但齐燮元是个极其聪明的人，他私底下去讨好曹锟、吴佩孚。吴佩孚是个吃软不吃硬的人，收下齐燮元作为自己的附属势力之后，便极力地举荐齐燮元。

　　自此，江苏开始归属于直派。

36. 狡猾的陈炯明

南北议和会议持续了很长时间,南北方各自换过好几个代表,李纯作为北方议和代表期间,因为为人相对耿直,南北方对他的态度都还不错。虽然李纯当代表时并不能直接促成双方和解,但是也在很大程度上缓解了南北矛盾。

李纯一死,南北议和更显得遥遥无期。而南方军这边也是内乱不断,其中广东打仗最多,几乎是每年都要打一次大仗。广东督军莫荣新在位期间,广东虽然整体上太平,商业发展也非常稳定,但是莫荣新手底下的官兵贪污腐败现象层出不穷,惹得广东人民怨声载道。

莫荣新是桂系的,因此广东人纷纷呼吁要"广东人治理广东"。这时,广惠镇守使李福林、警察厅厅长魏邦平以及援闽总司令陈炯明,私下联合起来,想把桂系踢出广东。李福林和魏邦平在广东省内,陈炯明因为援闽的缘故,仍在福建。

陈炯明为什么会突然援闽呢?原来,陈炯明之前当广东都督的时候,是被弹劾下台的,对官复原职仍有执念。下台之后,陈炯明本来势力都散尽了,没想到这时候发生了一件事,恰好让陈炯明死灰复燃。

之前，前任广东督军陈炳焜动用武力，把省长编制的广东八十营警卫军占为己有。莫荣新就职的时候，本来想把这批警卫军改组，却突然听到福建李厚基要联合浙军攻打广东的消息。这时，参谋长郭椿森力荐陈炯明。莫荣新干脆做个顺水人情，分了二十营军队给陈炯明，在李厚基发兵之前先发制人攻打福建。

陈炯明此人做过秀才，比较有头脑，特意要求莫荣新给自己下发聘书，而不是委托令。莫荣新是个老实人，陈炯明说什么便答应什么。发出聘书之后，才有人提醒他：用聘书就相当于双方不是上下级关系了，陈炯明后面很可能会不听指挥。

莫荣新后悔莫及，私底下安排潮州、梅州镇守使刘志陆等人监督陈炯明。刘志陆是莫荣新的干儿子，之前跟随莫荣新出生入死，立下不少战功，但是最近变得骄奢懒惰，并没有把莫荣新的话放在心上。而这时候，龙济光率兵攻打广东，来到潮州和梅州附近。

刚好陈炯明经过这两个地方，便暂时驻留防守。刘志陆如同被踩到尾巴的猫，一下炸毛了，认为陈炯明在侵犯自己的地盘，气焰嚣张地拒绝陈炯陆入境。莫荣新没办法，再次强令刘志陆配合。

这时候，闽军和浙军也来攻打潮州、梅州，陈炯明的军队武器稍次，加上统率新兵指挥不习惯，三战三败，打得十分狼狈。而刘志陆的军队所向披靡，一口气把敌军赶出广东。陈炯明大为尴尬，连忙带兵前往福建漳州。

陈炯明到了漳州，便驻扎在此地。其间培养军队，积累军火，可以说一直在卧薪尝胆。后来李福林和魏邦平来信笼络陈炯明，陈炯明精神为之一振，知道自己的时机到了。陈炯明借势舆论，打着"粤人治粤"的口号，带着军队日夜兼程地赶回广东。

莫荣新收到陈炯明等人要造反的消息，痛骂郭椿森介绍匪徒

36. 狡猾的陈炯明

给他，可郭椿森之前因事已遭驱逐，被派到上海当议和代表了。刘志陆虽然也提前收到消息，但是他和手下的人都沉醉于吃喝玩乐，并不把陈炯明放在眼里。

一天晚上，陈炯明率兵夜袭潮州、汕头，一个小时的时间，便占领了汕头。几天后，来势汹汹的陈军便接连占领了潮州、梅州。此时，李福林、魏邦平和陈炯明里应外合，李福林做着严密的计划，而魏邦平则向莫荣新借了几艘军舰。莫荣新是个彻头彻尾的老实人，不疑有他，直接大方借了去。莫荣新知道陈炯明打进来了，震惊之余连忙派出两队人马反击陈军。

莫荣新到底是老将，派出的军队把陈炯明打得节节败退。陈炯明眼见形势不对，连忙写信给李福林、魏邦平请求支援。李福林和魏邦平正在担心自己在军中的地位不稳，此刻收到陈炯明的信，马上心领神会，开始打起小算盘。

李福林对魏邦平说:"桂军内讧越来越严重了,老头子无法调停这些矛盾,失败是肯定会到来的,一旦溃散了,到时候别人兵多将广回去省城了,你我怎么办呢?"

魏邦平正苦于没人说这些心事,听到李福林这些话,马上心领神会,说道:"我也正想着这件事呢,咱们要做什么决定就要赶紧下决心,老头子虽然心术很正,对咱们也很信任,可是他那些部下可不一定这么看待咱俩。之前我找老头子要船,他想都没想就给了我,有个人还吹耳边风说我会独立,而老头子竟然不为所动,可见十分信任我等。所以我们就算是要独立,也不能亏待了老头子。"

李福林冷笑着说:"老莫是个好人,但是他身边那些人嫉妒我们很久了,以后肯定不能容我们。老头子以后也未必就能一直掌控局面,依我的看法,不如趁各军外出,你我赶紧出手,那群嫉妒我们的人,还不束手就擒?古人说得好,'无毒不丈夫',又说'先下手为强',我们都是本省人,驱逐那些外省人,给本地人做点好事,也是责任所在。不能因为老头子的一点恩情就束手束脚,误了广东的大事。"

魏邦平想了想,点头说道:"这话没错,我不伤人,人必伤我,顾不上那么多了,你我拼了命去干吧!"

之后,李福林、魏邦平宣告独立,马上派出军机朝着督署府扔了几枚炸弹。又让人挑着箩筐给政府的人"送礼",箩筐里装满了炸弹,盖子一掀马上爆炸。幸好在门口便被人检查出来,减少了伤亡。

这时,虎门司令邱渭南突然倒戈相向,海军也听了李福林的劝,表示不参与内斗。而湖南谭延闿又派兵攻击韶关,在前线同陈炯

36. 狡猾的陈炯明

明作战的沈鸿英知道了，连夜率军赶回自己的大本营。其余的人看到沈鸿英如此意气用事，也纷纷后退。这下可好，桂军彻底溃不成军了。

桂军大势已去，莫荣新年事已高，也起了退位的想法，干脆把工作和李福林、魏邦平等人一交接，便跑到上海养老去了。

陈炯明的军队势如破竹，来到广州之后，又以人民要求废除都督为由，把自己封为广东省省长。陈炯明担心广东人不信服自己，又热情邀请孙中山回广东组建大元帅府。此时，广东算是慢慢稳定下来了。

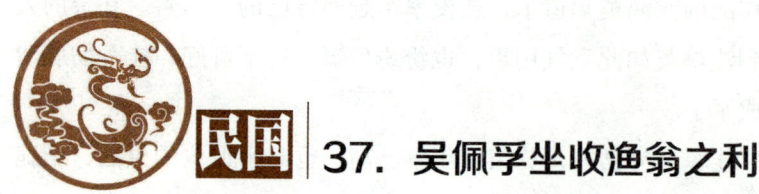

37. 吴佩孚坐收渔翁之利

李纯自杀后几个月,陕西督军阎相文也自杀了。此人死因略过不表,只在他死后,各军阀势力又经过了一次大换血。

阎相文一去世,空缺的陕西督军一职便由冯玉祥代理,而洛阳的吴佩孚不久也分到两湖的地盘。这两人都是直系的,如此一来直系便大大地扩张了势力。目前,数直系曹锟和奉系的张作霖势力最大。

原来湖北督军王占元在位期间为非作歹,搜刮了不少的民膏民脂。他担心北京政府将来问责,便绞尽脑汁地去巴结曹锟和张作霖。他知道吴佩孚是曹锟最亲信的人,便也费尽心机去讨好他。

吴佩孚虽然是个武将,但心思细腻,一眼就识穿了王占元的鬼把戏。但是吴佩孚对王占元的地盘感兴趣,明面上两人以兄弟相称,实际上吴佩孚只是想把湖北据为己有。

王占元看到曹锟、张作霖以及吴佩孚这三位大人物,都对自己和和气气的,便开始膨胀起来。王占元跟着他们来到北京,不厌其烦地让北京政府付给他欠湖北的六百万军饷。北京政府哪有那么多钱,就算有也不会一次性给王占元,最后东拼西凑拿出三百万给他。

王占元逼讨的三百万军饷,大部分都收入自己囊中,存进银行

37. 吴佩孚坐收渔翁之利

收利息，剩下的一点点才拿出来分给湖北军队。王占元进京逼讨军饷一事，早就传遍了整个湖北省，军人们都以为王占元是诚心为他们改善艰苦的生活，没想到王占元明目张胆地私吞了绝大部分军饷。

这下可好，武昌、宜昌的军队马上造反，打家劫舍、无恶不作，俨然一副土匪做派。军队造反，苦的是人民。湖北人民只好写了封电报给北京政府，举报王占元的贪污罪行。北京政府看到王占元引起了众怒，便派出蒋作宾调查王占元贪污案。

蒋作宾是个非常正直的人，看到王占元的罪名都确有其事之后，生气地批评了他。但是王占元自恃麻雀飞到枝头，没变凤凰也攀上了凤凰的威风，竟然跟北京政府特派的蒋作宾顶起嘴来。

眼见着多说无益，蒋作宾直接来到湖南督军赵恒惕处，劝说他出兵讨伐王占元。赵恒惕和王占元无冤无仇，但是蒋作宾代表着北京政府，他开始有点举棋不定。除此之外，赵恒惕还和陆荣廷闹过矛盾，陆荣廷直言会攻打湖南。如果赵恒惕出兵讨伐王占元，万一陆荣廷突然攻打湖南，他就是顾此失彼，得不偿失。

没过多久，北京和湖南两地的湖北同乡会的人分别向南北两个政府写了联名信，要求把为非作歹的王占元逐出湖北。赵恒惕的部下大部分是湖北人，不忍心看到家乡被搅得一团糟，也当起了说客。真正令赵恒惕下定决心讨王的，是陈炯明倒戈，导致桂系彻底败逃。南方的压力小了大半，赵恒惕马上任命宋鹤庚为援鄂总司令，分成三路进攻湖北。

王占元得知赵恒惕要讨伐自己，也派出三路军防御，任命孙传芳为前方总司令，刘跃龙和王都庆为左右路司令。同时，王占元还通电全国，声讨赵恒惕。曹锟、张作霖以及其余的同盟省，都表示会援助王占元。吴佩孚甚至还扬言，除了派出军队援助湖北之外，自己也会亲自到湖北督战。

　　王占元仗着有直、奉两系做靠山，气焰便嚣张起来。但是赵恒惕也不是省油的灯，他手底下的军官个个骁勇善战，而且沿途的百姓都很欢迎湖南军，极力配合。孙传芳率领的前线部队这时因为事先没有布置好武器等问题，开始节节败退。王占元急得接连好几次督促同盟省，让他们尽快发兵。

　　赵恒惕虽然打了胜仗，但是也担心王占元的援军干扰，便劝说四川督军刘湘，让他从西边攻打湖北。刘湘担心直系战胜之后进攻四川，便派兵驰援湖北。名义上，还是说帮助湖北百姓驱逐王占元。

　　王占元得知四川发兵的消息，急得发了数封电报给吴佩孚。吴佩孚派来的总司令萧耀南已经来到了湖北，王占元又当面请求他支援。谁想到，萧耀南却要王占元提供十七万军饷以及三千支枪，才勉为其难地答应。但是走到半路，萧耀南又停了下来。

37. 吴佩孚坐收渔翁之利

其他同盟省的援军虽然到了湖北，但是和萧耀南怀揣着一样的心思，都不想做出头鸟。眼见声势浩大的湖南军快要打到省城，王占元连忙收拾好行李，带着家人坐船逃跑了。

王占元被驱逐出湖北之后，北京政府任命萧耀南为湖北督军，任命吴佩孚为两湖巡阅使。吴佩孚空手套了白狼，高兴之余派人和赵恒惕和谈。湖南军在大战中牺牲了不少的将士，没有得到嘉奖不说，功劳还被直系抢去了，心里自然是不痛快的。双方于是出现分歧，竟然打起了一场民国前所未有的大仗。

38. 吴佩孚崛起

湖南大战湖北,名义上是驱逐王占元,等王占元败退、吴佩孚掌控湖北之后,赵恒惕等人又担心吴佩孚会进一步鲸吞蚕食湖南。因此,讨王总司令宋鹤庚又把炮火对准了吴佩孚。

双方主帅都是猛将,打得难分输赢。先前说,这场仗是民国以来前所未有的大仗,这还得"归功"于吴佩孚的诡计。吴佩孚不知怎的,派人到上游把堤岸给推平了。这下可好,洪水一口气全冲进了下游地区,不但湖南军被淹,两岸的百姓也遭了殃,害死了不少的人。

吴佩孚此招实在是歹毒,不仅冲走了士兵的武器、百姓的粮食,也把自己积攒多年的名誉冲走了。大战到了后面,两军甚至都扔了枪支火炮,开始肉搏起来。

军队大获全胜之后,吴佩孚看到周围满目疮痍,加上他和赵恒惕有点交情,也不好意思直接进攻湖南。把湖南军逼退至长沙,自己占领岳州之后,便也停战了。这时候,虽然刘湘的川军打了进来,但也被吴军轻而易举地击退了。

吴佩孚接连打了几场胜仗,势头正足,颇有点功高盖主的趋势。曹锟看到吴佩孚这般大出风头,心里也有点担心起来。此时恰逢曹锟的六十大寿,吴佩孚为了打消曹锟的疑虑,主动提出要做曹

38. 吴佩孚崛起

锟大寿上的总招待员。

吴佩孚原本是一个朴实无华的人，平时也直言不讳地反对曹锟铺张浪费的作风。此时他却性格大变，主动帮曹锟把寿宴操办得十分风光。曹锟不疑有他，满意至极。

这些军阀们风光快活，全国却是一片青黄不接的景象。北京政府连年赤字，百姓更是吃不饱、穿不暖。国务总理靳云鹏改变不了国家局面，便引咎辞职。这时候，我们熟悉的梁财神又登场了。

在先前的袁世凯复辟一案中，梁财神凭借着自己的能力躲过一劫，潜伏了一段时间养精蓄锐。等到靳云鹏辞职，因为没有人比梁士诒在财政方面更有经验，他便自然而然地当选了国务总理。

这时，吴佩孚跳了出来，以在山东问题中梁士诒有卖国嫌疑为由，逼梁士诒七天之内下台。这梁士诒怎么会和山东问题扯上关系呢？

原来，在巴黎和会上，中国代表力争主权，但是日本和各强国勾结，使得中国始终没有谈判的优势。谈判代表施肇基不得已之下，提出赎回胶济路。日本马上答应赎路，但是要求中国赎路的钱必须找日本借。

可日本政府私底下又找到梁士诒，拉拢他劝说巴黎和会上的三位代表让步。梁士诒为了方便借款，果真致电三位代表，让他们跟日方妥协。人民代表蒋梦麟等人早已来到巴黎，他们看到梁士诒发来的电报，即刻破口大骂梁士诒卖国，并劝说顾维钧等人坚决不退让。

到了开会那天，日本代表说他们已经和北京政府谈妥，山东问题可以私底下解决，俨然一副自以为胜利的姿态。没想到顾维钧等人故意装作不知情的样子，说胶济路已经在之前的会上谈好，不再更改。日本人自觉理亏，也不作过多纠缠。

梁士诒巴结日本的消息，很快便传回了国内，百姓群起而攻之。天高皇帝远，原本梁士诒并不在意社会舆论，他是奉系的人，势力非同一般。可没想到直系的吴佩孚强势出面，带动了直系的各省督军以及省长，他们也跟着发电报给北京政府，抨击梁士诒卖国。

梁士诒背后的大人物是张作霖，他马上发了封反击的电报，言语中不但为梁士诒辩护，而且指责吴佩孚口出狂言，诬陷总理。这下可好，随着吴佩孚和张作霖的出马，梁士诒的卖国问题一下子集中在国内，演变成了直系、奉系的口水战。甚至骂着骂着，已经隐隐擦出火药味。

39. 直奉大战

眼看着张作霖排兵布将、加购武器,一副时刻准备开战的样子,徐大总统坐不住了。徐世昌连忙找到曹锟,希望他从中调停。曹锟一方面和张作霖是亲家,另一方面能管得住吴佩孚,是个极佳的中间人。

但是吴佩孚弹劾梁士诒是因为山东问题,有理有据,曹锟也不好直接出面调停。等到山东问题签字确认之后,曹锟这才派手下王承斌出关找张作霖调解。徐世昌、吴佩孚也各自派人到张作霖那言和。

但是张作霖这时候有广东、浙江两省作为同盟,铁了心要和吴佩孚撕破脸皮,还把奉天军都调出关外。徐世昌一面劝说张作霖把兵力调回省城,一面把梁士诒革了职,改任张作霖的亲戚鲍贵卿当总理。

可惜张作霖并不买账,反而提出要求让梁士诒官复原职,搞得北京政府十分尴尬。而这时,吴佩孚等人在保定发起军事会议,会议上,曹锟还在犹豫到底要不要开战,参会的军官张福来大声说:"老帅是愿意做直系的领袖呢,还是做别人的附庸呢?如果愿意继续做直系的领袖,那没什么好说的,开战就是了!如果想要做奉系的附庸,那也没什么好说的,投降就好了!"

其他人听了这话,顿时脸色大变,纷纷拔出枪指着张福来大喊

大叫:"你是什么人?敢说这样的话!难道不怕我们枪毙了你!"

王承斌急忙拦住众人,冯玉祥这时候说道:"张作霖依附日本人,卖国求荣,举国痛恨,要是我们不下定决心和他开战,到时候别人就会怨恨到我们头上来。到了那时候,老帅身败名裂,恐怕就后悔莫及了。"

其他诸位将领也纷纷附和道:"必须一战才能守土!必须打败张作霖才能安定国家!请老帅下令!我们愿意率领部队与张作霖决一死战!"

吴佩孚这时候趁机说道:"将士们的士气如此之高!请老帅不要犹豫不决了!"

紧接着,吴佩孚又给曹锟分析道:"以前不敢开战是因为兵力分散,又怕去打仗导致后方不稳,现在后方的那些隐患都自顾不暇,绝对不会因为我们出兵就悍然进攻我们。况且,现在兵力已经集中起来了,陕西已经决定放弃,如果不开战,岂不是白白损失了陕西?之前因为张作霖有日本人支持,财力雄厚,我们则财力短缺。但是经过这些年的积攒,再加上先前得到的许多军资,后勤方面已经不足为患,现在正是开战的最佳时机。"

曹锟听罢,心里拿定了主意,便说道:"那就开战,你们把作战计划给我讲一讲。"

吴佩孚见曹锟终于下定决心,急忙将作战计划和盘托出:"我们要将敌人三面包围,即使不能迅速消灭他们,也能困住他们。老帅放心,这是非常有把握的计划。"之后,又将详细的作战计划一一告诉给曹锟。

曹锟听罢作战计划,心下大喜,当即任命吴佩孚为总司令,又任命了其他几位将领为各路司令,决定马上对张作霖展开作战!吴佩孚见一切准备就绪,马上指挥士兵往北边进军。这时,张作霖忽

39. 直奉大战

然发来了一封电报，上面写着军阀滥权导致民不聊生，他要用武力解决统一问题。

吴佩孚没过多在意，直接拍了封电报给全国，表示自己也是为了国家清除乱党。吴佩孚的军队中，此时做好战争准备的已有十二万人，他以洛阳为根据地，把大批人马集中在郑州，兵分三路讨伐张作霖。

这头吴佩孚刚制订好周密的作战计划，那头的张作霖又突然改变了作战策略，吴佩孚收到消息，只好也跟着改变了行军策略，把根据地改到保定。

这两大军阀要打架的消息传遍全国，百姓们都很恐慌，纷纷上书北京政府要求停战。而盘踞在租界的各国大使，担心殃及外国侨民，也对北京政府发出警告。徐世昌一个没有实际兵权的人，只好发电报要求直、奉两军撤兵。

可惜民国时期军阀只手遮天，根本没有人听从徐世昌的命令。没过几天，直、奉两军便在西路打起来了。双方都是早有准备，打得难分胜负。张作霖虽然身陷战场，但是也给自己留了条后路，通电东三省宣布独立。

不久后，奉军不敌直军，在战场上一败涂地。此时，北京政府的命令在战争结束后"及时"下达了。这命令分为两道，第一道是要直军、奉军退回各自的驻地，第二道是要惩办梁士诒等人。之后，又颁布了一道张作霖的撤职令。

没想到的是，东三省的议会等团体马上联合起来，拒不承认这道撤职令。因此，张作霖即便是遭受了战场、官场的双重滑铁卢，仍然在东北保留有实力。而吴佩孚看到梁士诒的撤职令，目的业已达成，便不再和奉军拼个你死我活。

此时，吴佩孚等人有意向以恢复宪法和法律传统为名义，拥戴

黎元洪当总统。消息传了出去,最高兴的便是旧参议院议长王家襄和众议院议长吴景濂。他们先是鼓舞吴佩孚发布恢复国会的消息,又找到曹锟,请求他批准旧议员自行集会。其间,自然是少不了说一番违心的好话。

　　直奉大战即将落下帷幕之时,南方军才慢吞吞地展开了动作。广东军政府派李烈钧等人北伐,首先攻打的就是江西。虽然江西不少的县市被势如破竹的南方军攻下,但是随着直奉大战的结束,吴佩孚有了余力应对他们,马上派蔡成勋作为援赣总司令,支援江西都督陈光远。

　　吴佩孚对于南方军并不上心,他现在一心扑在政治斗争上。这时,直系的孙传芳借机发了电报给徐世昌和孙中山,大意是徐世昌当总统并不合法,而孙中山虽然是合法当上的总统,但是自称是为了护法,现在法统恢复了,这两个人都应该退位。

39. 直奉大战

徐世昌可以说是靠着直系的拥护才当上的总统，此刻他仍旧不死心，发了份电报试探各省的意见，没想到各省和旧国会都要求他尽快下台。而曹锟和吴佩孚等人更是迫不及待，他们心中早就选好了新的总统人选——黎元洪。

因为先前的一系列事情，黎元洪对军阀有些忌讳，他担心自己上位之后仍旧是傀儡总统，因此提出了废督裁兵的条件。没想到的是，曹锟和吴佩孚第一个跳出来同意，其余各省督军也纷纷附和。

与黯然辞职的徐世昌相反，黎元洪可以说是众星捧月般地当上了大总统。

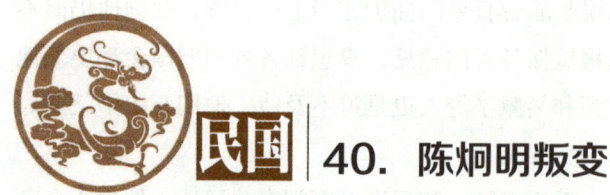
40. 陈炯明叛变

直奉大战之际，南方军也起了内乱。孙中山计划北伐的时候，把重任寄托在陈炯明身上，吩咐他准备好军粮。但是谁都没有想到的是，陈炯明竟然被吴佩孚收买了，把军粮、武器都扣了下来。

孙中山得知陈炯明叛变，念及他之前的付出，只是停了他的职，改任伍廷芳为广东省省长。这时，陈炯明逃去了香港，他的援贵部队回到广州，要求广东护法政府恢复陈炯明的职位。孙中山也不忍完全抹杀掉陈炯明的成绩，心软之下，又任命陈炯明为两广军务，让广东、广西的士兵都归陈炯明管。

谁知道，陈炯明不但没有感恩戴德，反而拒绝赴职办理两广军务。这时候，黎总统上任，总理换成颜惠庆，内阁也大换血。吴佩孚得偿所愿当上了陆军总长，便邀请孙中山等人北上言和。之前吴佩孚收买陈炯明扣押军粮一事，孙中山还没有找他算账，这会儿他像是什么都没有发生一样。孙中山自然没有理会吴佩孚，继续指挥北伐军前进。

一天晚上，孙中山正在批阅军中的文书，一个军官报告，陈炯明的粤军将有变动。孙中山并不相信。又过了两小时，孙中山的秘书也来报告，说："据确实的消息，粤军将在今夜发动，围攻公府，请总统赶快暂避。"孙中山仍不相信，微笑着对众人说："陈炯明绝

40. 陈炯明叛变

对不会做出这种事情,他的部下都是和我共同患难过的同志,他们应该不会做出这种助纣为虐的事情。你们听到的可能是谣言吧?"

孙中山正说着话,参军林树巍惊慌失措地跑了过来,大声说道:"请总统快快离开总统府,粤军要来围攻了!"

孙中山还是不信,说道:"你们不要惊疑,这肯定是别人在造谣,你们要是信了,反而会使粤军生出疑虑。"

林树巍担忧地问:"万一他们来攻打总统府,总统该怎么办呢?"

孙中山慨然说道:"我对粤军没有一点怀疑,如果他们真的反叛,那就是乱臣贼子,人人得而诛之。何况我作为总统,岂能临阵脱逃?"

孙中山先生坚持不走,但是总统府不设防,左右的人担心总统安危,便不由分说地强行把孙中山带离了总统府。

孙中山逃到海珠的海军总司令部之后,受到了总司令温树德的热烈欢迎。过了几天,有一个警卫队的幸存者找到孙中山,告诉他叛军不知道总统已经逃离,先是炮击总统府,又烧断了附近的桥。

警卫队不敌叛军而投降,但之后被一一击毙。手段之残忍,令人发指!

这时候,孙中山命令魏邦平召集部下,跟随海军反击陆军中的叛军。而他自己,则亲自率领舰队正面抗敌。陈炯明是个狡猾至极的人,马上开始收买起海军。同时,陈炯明还劝伍廷芳等人倒戈。

没想到,伍廷芳因为太过操劳,听到陈炯明大逆不道的话之后,气得进了医院,没过多久便驾鹤西去了。

孙中山听说了伍廷芳病逝的消息,心里十分难过,更加坚定要铲除叛军的决心。此时,陈炯明收买海军的行动初显成效,海军内部起了分歧。但是纸包不住火,陈炯明背叛革命的行为被百姓唾骂,人人为之不齿。

陈炯明只好写了封和解信给孙中山,派人带到永丰舰上。他见孙中山意志坚定,又陆陆续续派了不少的人来求和。魏邦平和陈炯明有些交情,便找到孙中山,帮他提出三大条件:一、叛军退兵;二、恢复广东护法政府;三、北伐军停止南下。

40. 陈炯明叛变

过了几天之后，叛军还没退兵，魏邦平却想要孙中山发文，用言语责怪陈炯明一番，此事便算过去。孙中山心里有数，当即否决了。

此时，北伐军部队在江西打得热火朝天，听说广东出了叛军，连忙分出一部分兵力回省。但兵力一散，在后续战斗中，不仅北伐军接连战败，就连匆忙回省支援的军队也不敌陈炯明。

北伐至此算是宣告失败了，孙中山不得已之下宣告各国领事，说明自己即将离开广东的消息。这个决定可吓坏了周围的人，他们纷纷表示如果路上被叛军恶意拦截，那可就是命悬一线的事情。

谁能想到，孙中山坦荡地说道，自己本就是中华民国的总统，应该以公正伟大来示人，鬼鬼祟祟地逃跑，那都是末路政客、失败军阀的行为。此言一出，大家对孙中山为人的豁达更为钦佩。

这时，英国大使收到了孙中山离粤的消息，回复说他们可以派遣军舰摩汉号护送总统到香港，届时总统再坐俄国皇后邮轮到上海。孙中山在众人的劝说下答应了英使的提议。

坐船的时候，众人虎口逃生，思绪万千。有人问到国家如何才能富强时，孙中山回答道，国家要富强，就只能选择革命。

又有人问为什么中国实行不了美、德的联邦制，孙中山更是语重心长地回答道，中国地大物博，如果各省自治的话，就会被军阀利用。与其分省自治，不如细分到乡县自治，更容易看到成效。

众人又问，中国应该学习哪一国？孙中山先生一针见血地指出，现在我国的外交，应该学习英国公正的态度，美国远大的规权，法国爱国的精神，即尊重主权，尊重本国的主权，就是爱国的表现，以此来实现我们民国千百年永久的大计。

到了上海之后，孙中山发了一篇宣言，揭穿了陈炯明的叛变行为，同时也直抒自己建国的决心。这下，全国人民都知道了陈炯明兵变的实情。至此之后，人们对于孙中山的追随更为坚定。

41. 孙中山攻打惠州

眼看着孙中山转移阵地到上海，陈炯明也趁机回到了广州。他找到叶举等叛军头目，开了个军事会议，任命银行界的陈席儒为广东省长，叶举为参谋长，自己则官复原职担任粤军总司令。

广东这边动乱不断，广西也不太平。广西不但起了内讧，还被梁华堂、韩彩凤等人率军队占领了桂林和柳州。于是，岑春煊和孙中山握手言和，互相合作起来。

这时候，沈鸿英的军队刚好到了桂林附近，孙中山便派他扫除驻扎在柳州的叛军。沈鸿英是个猛将，尽管敌方熟悉地理位置，几经巧战，最终还是占领了柳州。而朱培德等人的军队也击退叛军梁华堂，占领了桂林，同时还准备讨伐陈炯明。

陈炯明得知了这个消息，连忙派兵反攻。朱培德一开始不敌陈炯明，等到联合沈鸿英之后，把陈炯明打得节节败退。再加上广东各团体一个接一个地派代表到陈炯明面前，劝说他下台，陈炯明眼看着大势已去，便顺势下台躲到了惠州。

叛军已经击退，孙中山回到了广东，官复原职当了大元帅。他任命徐绍桢为广东省长，沈鸿英为桂军总司令，杨希闵为粤军总司令，李烈钧为福建、江西边防督办。

没过多久，北京政府也下发了命令，特派沈鸿英、杨希闵处理

41. 孙中山攻打惠州

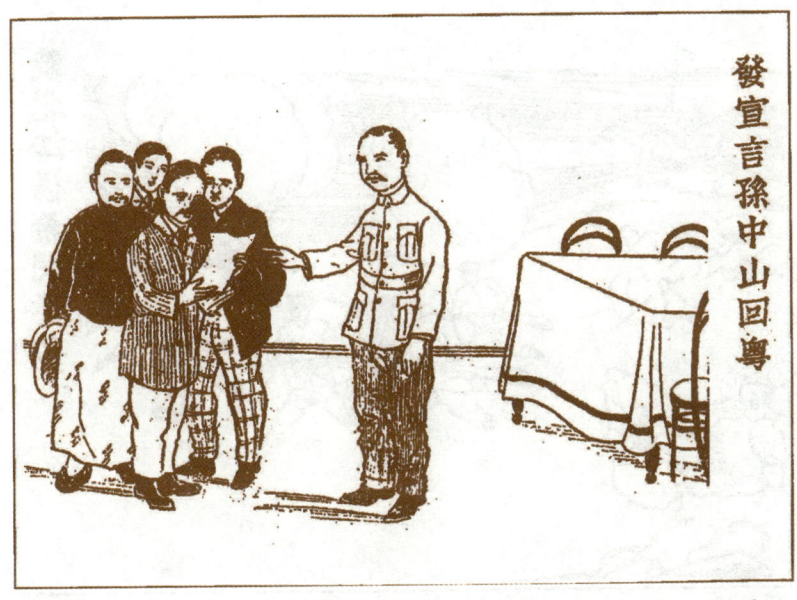

广东军务善后,还任命陈炯明为广东陆军第一师师长。没有人理会北京政府的命令。沈鸿英虽然也没有回应,但是这时候曹锟、吴佩孚等人已经感受到孙中山的强烈威胁,频繁派人给沈鸿英洗脑,企图离间他和孙中山之间的关系。

沈鸿英果然心动了,还联络曹锟、吴佩孚请求援助,之后,他效仿陈炯明,设立了司令部,致电孙中山,驱逐他离开广东。如此一来,双方免不了又是一场大战。战斗过程中,沈鸿英不敌孙系军队,便赶紧向吴佩孚求助。

直系的援军一到,沈鸿英便嚣张起来,把杨希闵的军队打得不断后退。其实,杨军的后退正是孙中山的军事策略。俗话说得好,骄兵必败,况且北军前来支援沈鸿英,本就自视甚高,北军和沈军时有摩擦。杨希闵趁着沈军毫无斗志的时候,率兵突然袭击。在之后的战役中,沈军大为受挫,沈鸿英不得不败逃江西。

　　除了沈鸿英以外，海军总司令温树德也在陈炯明的煽动下叛变了。陈炯明虽然龟缩香港，但是贼心不死，一直暗中搞些小动作。消息传到了孙中山的耳朵里，孙中山直接撤了温树德的职，把各军舰舰长一并更换，改为由自己亲自指挥。

　　此时，孙军攻打惠州，驻守在惠州的杨坤如虽然不敌，但是一直死守。孙军攻打不下来，两军便僵持着。陈炯明听说了，马上赶回惠州指挥军队。孙系的许崇智在和陈炯明交战过程中，几乎是弹尽粮绝，发急电请求孙中山支援。

　　孙中山收到急电，马上下令派飞机到许军所在地巡逻。旁边的人都觉得很奇怪，问孙中山为什么不马上回电，反而派飞机巡逻？孙中山回答道："一封电报不足以让焦急的士兵安心，但是他们看到了天上的我军军机，知道我们行动迅速，援军不久会赶到，就会士气大涨，死守阵地。"

41. 孙中山攻打惠州

安排好人运送军饷之后，孙中山又命令驻扎在广州的滇军第三军军长蒋光亮发兵支援。没想到的是，蒋光亮迟迟不回应，孙中山派人去催促，被对方以没有军饷为由拒绝了。没过多久，孙中山又听说了蒋光亮私吞了一万军饷。

后来，蒋光亮的部队虽然到了，但是他本人迟迟不见现身。而他的参谋禄国藩则气焰嚣张地对孙中山说，没有军饷不发兵，不发兵也要军饷。孙中山旁边的参谋赵宝贤听到了，愤怒地说道，军人打仗是为了保卫国家和人民，怎能拘泥于几口粮食？禄国藩听了满面通红，尴尬离场。

为了鼓舞士气，孙中山亲临战场第一线，甚至还发射了五颗炮弹。陈军看到孙中山来了前线，马上用大炮瞄准他。一颗颗炮弹朝着孙中山射来，最近的一颗离他仅有一丈远。孙中山却非常从容，高兴地说道，敌人用来测距的标尺都用完了，他们发射了这么多炮弹都没射中我，大家不必担心！

孙中山亲临战场后不久，回了趟广州。没想到短短的几天时间里，广东各地陆续被陈军占领，孙军战况略显颓势。

42. 孙中山改组国民党

孙中山派出的几队人马,战况都不尽如人意。其中最为特殊的,当数驻守石龙的蒋光亮。他和陈炯明就像井水不犯河水一样,双方始终没有交过火。

孙中山特意来到石龙,召开了军事会议。蒋光亮不仅快结束时才到场,而且大言不惭地说有急事要离开石龙一天。孙中山震怒之下,扬言要以军法处置他。会上其他人见状,连忙做起了和事佬。蒋光亮没有吭声,第二天还是回了广州。

由于蒋光亮的消极懈怠,惠州战役打得分外吃力,大队的士兵从战场上落败而逃,问他们将领是谁,个个都一脸茫然。孙中山在坐车回广州的路上,意外被洪兆麟追击。幸好驻守在惠州横沥的范小泉异常神勇,得知陈军的先锋洪兆麟在追击孙中山,马上率兵击退了他。

孙中山回到广州之后,安排人在各个关口拦截逃兵,把他们的武器全部缴获,这才不至于出现逃兵打家劫舍、残害百姓的情况。

虽然陈炯明屡战屡胜,但是他那边情况也不佳,始终攻不出惠州。他自从退居博罗之后,一直请求吴佩孚发兵支援。吴佩孚天高皇帝远,即便是派军队南下一时半会也到不了博罗。吴佩孚致电沈鸿英、方本仁、陆荣廷等人,让他们攻占广州。

42. 孙中山改组国民党

此时,沈鸿英已经有重新归顺孙中山的想法,并不理会吴佩孚的命令。方本仁呢,他的野心在于江西都督一职,并不愿意离赣南下。而陆荣廷即便联合了北军,但是他在广西占地很少,实力一般,已经自顾不暇了。因此,这三路援军基本上都没做出什么举动。

陈炯明便只好故技重施,再次派人策反杨希闵等人,希望他们停止前进。没想到的是,陈炯明的计谋竟然成功了,讨陈军果然没有再攻打博罗。这是因为孙中山在策划一件大事,这时候无法再分心去指挥东江战事,东江战事便因此暂且平静下来。

那么,孙中山到底在筹划什么大事呢?

这要说起民国十二年,有个叫高一涵的有识之士,他在《努力周报》上发表了一篇时评,一针见血地指出国民党的组成太过复杂,建议国民党重组内部。这篇文章被孙中山看到了,他不怒反喜,觉得高一涵说的话很有道理,于是派汪精卫等人筹备改组一事。

改组之前，孙中山在次年的1月20日召开了国民党第一次全国代表大会，会议代表主要由各省党员选举得出。会议持续了十天，确定了党章和政纲，通过了《中国国民党第一次全国代表大会宣言》草案。宣言阐述了民国现状，对旧三民主义（民族、民权、民生）提出了新的要求，并确定了联俄、联共、扶助农工的三大政策。

改组做出的最大变动，就是允许共产党党员"跨党"加入国民党。虽然这一决定为国民党注入了新鲜血液，但是遭到了老党员的强烈反对。孙中山因此向中央执行委员会提出控告，这才压制了部分国民党党员的怨言。

改组国民党一事解决后，孙中山便全神贯注地处理广东的大小战役。这时候，东路蒋光亮部的滇军王秉钧投奔了陈炯明，西路陈天太被广东军缴了武器，北路高凤桂投奔了北军，三路军队内部动荡不安。

反观陈炯明，他手下的人也是摩拳擦掌，洪兆麟、林虎等将领都有各自独立的野心。而桂派沈鸿英原本归顺了孙中山，后来被陈炯明策反，兵败之后又想重新投靠孙中山。沈鸿英打定主意之后，频繁派人向孙中山示好。

孙中山因为沈鸿英的反复无常，并不敢轻信他。这时候，蒋介石回到了广州，孙中山便询问他的意见。蒋介石此人一直以来追随孙中山革命，此次外出也是奉命创办黄埔军校，可以说深受孙中山的重视。

蒋介石说："沈鸿英为人反复无常，他说的话不能全信，但是他现在四面受敌，逼得太紧了反会祸害地方，不如答应他，让他去打陆荣廷。"

孙中山笑着说："你说的和我想的是一样的，既然咱俩意见一致，那我就按照你说的办法去做了。"

42. 孙中山改组国民党

于是孙中山便答应了沈鸿英代表的投降请求。随着沈鸿英的协助，广东各地区战役便稍显放松。

这时候，北京政府又发生了一件大事。

 民国 | **43. 曹锟抢夺总统印章**

先前,黎元洪官复原职当上大总统,是曹锟、吴佩孚等人主张的结果,曹锟对总统之位并非一点心思都没有。加上曹锟的门客时常吹捧曹锟的功劳,曹锟渐渐对当上大总统有了势在必得的野心。

曹锟手底下的吴景濂(lián)、熊炳琦等人,都想推曹锟上位,自己也好沾一点光。只有吴佩孚一个人尚且清醒,他虽然不敢阻止,但是让自己的门客不要参与此事。这时候,距离黎元洪到期卸任只有几个月,这群急功近利的人便忍耐不住了。

首先是吴景濂出手,煽动张绍曾卸任内阁总理,以此威胁黎元洪。没想到的是,黎元洪见招拆招,直接安排颜惠庆上台组建内阁。吴景濂的计划宣告失败。

紧接着,熊炳琦等人又实施第二个计划。他们煽动北京的步兵警察总罢岗,聚在黎元洪的公馆里要钱,还切断了黎府的通信。黎元洪无可奈何,只能暂且承诺给每个机关十万元。这些人拿了钱还不满意,仍然拒绝上岗。还是北京外交团注意到此事,发了份照会,这些躁动分子才乖乖地复岗。

眼看着这招也不行,他们又效仿之前段祺瑞的办法,也收买了

43. 曹锟抢夺总统印章

一些贪财的人，组成公民团包围了总统府，逼迫黎元洪退位。黎元洪被缠得没有办法，只好致电曹锟和吴佩孚，称自己已经跟国会提出辞职，一切手续依法进行。

曹锟收到黎元洪的电报，询问王毓芝，该怎么办？王毓芝说："老帅不要理他，这分明是捉弄老帅！"

曹锟不解道："这电报中的话语看起来怪可怜的，怎么是捉弄我呢？"

王毓芝解释道："要是国会一辈子开不成，难道他一辈子不辞职吗？"

曹锟一听是这么个道理，于是问道："那我应该怎么回复他呢？"

王毓芝笑着说："还回复他干什么？他想要老帅理睬他，老帅偏不理睬他，看他还能干下去吗？"曹锟最终同意了王毓芝的建议。

而黎元洪那边，公民团吃喝拉撒都在总统府周围，怎么驱赶都不肯离去。就连冯玉祥、王怀庆也顶不住压力，纷纷递上辞职书。黎元洪找到一些名流召开紧急会议，但是面对曹锟只手遮天，他们也商量不出什么结果。

后来，这些人甚至把总统府的水电都断了。黎元洪知道无法抵抗了，决定离京。离京之前，他拿出十五个总统印章，其中五个给妻子带去法国医院，十个留在公府。随后，黎元洪急忙坐上火车到了天津。

没想到刚下车，王承斌便带着几十个士兵来到黎元洪的面前，气焰嚣张地要他交出总统印章。这些士兵个个持枪，黎元洪的随从吓得直接说出印章在公府里。王承斌派一个军官守住黎元洪，自己则和北京的人通风报信去了。

过了一个小时,王承斌火急火燎地赶回来,质问黎元洪剩下的五个总统印章在哪里。黎元洪也没有隐瞒,直言都在法国医院。王承斌把十五枚印章都凑齐后,又威胁黎元洪在一份电报上面签名。这电报是向全国人民解释自己辞职离京,总统和副总统都不在位的情况下,让国务院代为处理善后。

没想到的是,黎元洪虽然退位了,但是直系的各方势力也起了利益冲突。彼时,各方势力分外三派,一派是以高凌霨(wèi)为首的津派,一派是以曹锟为首的保派,一派是以吴佩孚为首的洛派。一时间,各派势力之间争论不休。

黎元洪安全脱身之后,马上发电否认上一封被胁迫发出的电报,还撤回了自己的辞职书,继续在天津行使总统职权。这时候,两百个国会议员也来到上海,联名反对现任北京国会及政府。随后,奉天、浙江、四川等省份也纷纷发电反对。

43. 曹锟抢夺总统印章

彼时,高凌霨掌控了北京政府,并且操控两会否认黎元洪后来下发的命令。北京的议员们对于派系斗争不以为然,他们在意的无非是钱财。津派一开始出价每张选票五百元,投曹大帅当总统,结果遭到北京议员的抗议。后来保派答应加价到三千元一张票,这群议员才眉开眼笑。

津派、保派任意胡闹,浙江的反直派领袖卢永祥大手一挥,直接在天津设立了一个国会议员招待处,安排国会议员到上海开会。这下可好,愿意南下开会的议员越来越多,留在北京的寥寥无几。高凌霨等人着急了,干脆禁止议员们出京。

保派一方面承诺要贿赂议员选举,另一方面却私底下把这笔款项列入国家经费中。曹锟本就不想自掏腰包,听了这个建议觉得非常妙,马上答应了。但是其他替曹锟干活的人觉得很为难,国库空虚,议员们不见钞票不投票,这怎么行得通呢?

这时候,有人建议干脆不选举了,直接拥戴曹锟当总统,一分钱不用花。

44. 高凌霨代理内阁

拥戴曹锟的最佳人选当数吴佩孚。但是先前黎元洪官复原职，就是由吴佩孚拥戴的。这次曹锟想要当大总统，吴佩孚无论如何都不愿意当这个出头鸟。津派只好先依法进行选举，但是在北京的议员越来越少，连开会的人数都凑不够。

这时候，有人出了个主意，说可以跟广东的孙中山合作，由曹锟当大总统，孙中山当副总统，以此吸引南下的议员。没想到的是，这个主意被孙中山一口回绝，津派和保派都无计可施了。

前众议院院长吴景濂不肯放弃，绞尽脑汁凑出一笔钱，还以五千元一票收买了国会议员。那些已经南下的议员听说后，又蜂拥回到北京，抢着给曹锟投票。由此，曹锟如愿以偿当上大总统。

贿选成功之后，曹锟风风光光地入职了。正所谓，一人得道，鸡犬升天。先前王承斌车站夺印的强盗行为，在曹锟看来就是护国有功，不到一个月的时间里，先是特派王承斌督理直隶军务善后（此时，曹锟已撤销直隶督军），又特派他担任直、鲁、豫巡阅副使。而吴佩孚则免去两湖巡阅使，升任直、鲁、豫巡阅使。

军务相对比较好安排，谁有功赏谁。政务方面就麻烦了，各执其词。首先是张绍曾，他之前辞职威胁黎元洪有功，被列入总理的人选之一。其次是高凌霨，在黎元洪离京之后，他维持北京政府的

44. 高凌霨代理内阁

正常运转,也有很大机会担任总理。再说颜惠庆,在贿选期间,他尽力维持着财政和外交,立下不少的功劳。最后则是吴景濂,曹锟贿选成功,很大一部分是因为吴景濂四处奔波的结果。

曹锟挑来选去,发现张绍曾的功劳和势力最小,便决定先把他淘汰了。张绍曾收到消息,非常不服气。他之前辞职只是口头提出,并没有经过全体内阁成员的署名,因此张绍曾便以这件事威胁曹锟,大有不官复原职便大闹一场的势头。曹锟也发怒了,直接发布了让高凌霨代理内阁的命令。

高凌霨捡了这么大的便宜,权力渐渐地和吴景濂、颜惠庆持平。但是吴佩孚等人不满吴景濂掌管内阁,所谓敌人的敌人就是朋友,他们干脆力捧颜惠庆当总理。颜惠庆担心国会在吴景濂的操控下,不会让自己通过,便主动退出。

吴景濂以前当过众议院院长,不少的议员都听他号令。眼下颜惠庆主动退让,高凌霨势力却越来越大。吴景濂担心自己的总理地位不保,便以国会的势力来要挟高凌霨。

没想到的是,高凌霨一方面声称要取消国会,一方面又利用反吴的议员,让他们提出改选议长。吴景濂的任期早就到了,依照法律来说,不应该再当议长。吴景濂对此十分担心,甚至把众议院的门都给锁了,以防反吴派在院内开会讨论。

曹锟担心推荐高凌霨当总理一案无法通过,便推荐了功劳仅次于颜惠庆的孙宝琦当总理,借此试探国会。在会议中,吴景濂催促议员们投同意票,有反吴派执意投反对票。争执之间,吴景濂让院警把议员们打得鼻青脸肿。检察官收到命令来验伤,吴景濂竟把检察官也软禁了。

会议结束后,吴景濂胡作非为的消息泄露了出去,高凌霨趁机撤掉了院警。检察厅方面也对吴景濂提起公诉。吴景濂眼看着大势

已去，偷偷带走众议院的印信，龟缩在天津。

高凌霨赶跑吴景濂之后，发布了一道关于改选众议院议员的命令。没想到的是，就是这道命令，断送了他的总理职位。原本意见各异的众议院议员，看到高凌霨要炒他们鱿鱼，连忙齐心协力，通过了孙宝琦当总理的提案。

这下可好，四人争来争去，最后坐收渔翁之利的却是孙宝琦。

曹锟看着国务总理一事也尘埃落定，刚打算借着总统之位施展拳脚，却接连收到了反对他当总统的电报。这些电报经由奉天、浙江、广东等省份相继发出，内容都是斥责曹锟违法贿选。曹锟自然是不肯轻易放弃总统一职，局势越发紧张，眼看着又将爆发一场劳民伤财的恶战。

45. 吴佩孚收编乱匪

曹锟刚通过贿选当上大总统,马上有南北各方势力站出来反对。曹锟的得意干将吴佩孚是一个精明的人,先前曹锟贿选他按兵不动,现在国内隐隐冒出火药味了,他便格外注意起来。

有一天,马济从湖南来到洛阳,吴佩孚立刻找他谈话。马济说湖南的赵恒惕已经稳定下来,西南军很难通过湖南进攻北方。但是国民党打算改组,国民政府也正在组建,这两点值得关注。

吴佩孚了解了国民党改组的情况,又追问起孙中山组织国民政府一事。马济也是知无不言,回应道组织国民政府是因为要争取广东关税,孙中山在笼络奉天张作霖、山东孙美瑶等各方势力,组建一个强势的政府,以寻求国际上的承认。吴佩孚说:"匪军靠不住,应该杀了孙美瑶。"

马济说道:"孙美瑶被收编后,剿匪还是很用心的,之前已经赦免了他的罪,现在杀他,恐怕没有杀他的名头啊。"

吴佩孚说:"现在不杀他,等他反叛了,就为时已晚了。"

马济说:"那就给山东督理郑士琦发一个电报,让他相机行事!"

吴佩孚笑着说:"正合我意!"

却说这孙美瑶是何人?这位山东新编第十一旅旅长孙美瑶,先前是土匪出身。其兄长孙美珠曾经是清末秀才,因不堪忍受军阀压迫,组织山东土匪闹起义,自封山东建国总司令。孙美珠被北军暗杀后,孙美瑶继任总司令,曾经做出震惊海外的"临城劫车案"。

在"临城劫车案"中,孙美瑶带着若干土匪打劫了一列火车,以火车上三百多个人(其中二十多个洋人)的性命,要挟北京政府予以正式官职。双方僵持了一个月后,最终在北京外交团的强烈干涉下,北京政府做出让步,以收编孙美瑶的匪兵、任命孙美瑶为旅长告终。

郑士琦收到命令,马上找到第十七团团长兼苏美瑶部队的执法营务处长吴可章,让他监督孙美瑶的行为。

但孙美瑶是吴可章的上司,怎么可能反过来服从吴可章的管理?就是孙美瑶的部下也多对吴可章指手画脚十分不满。这时候,吴可章又查出孙美瑶私藏武器,悄悄地上报给了郑士琦,郑士琦马上派镇守使张培荣出面处理。

宴中与孙美瑶授首

45. 吴佩孚收编乱匪

张培荣特意邀请孙美瑶赴宴,孙美瑶此时浑然不觉大难临头,带着十一个随从高高兴兴地去了。到了酒桌上,两人闲聊几句之后,张培荣突然叫人把孙美瑶拿下,质问他为什么要联合东三省、西南军图谋作乱。孙美瑶死到临头,却是十分镇定,高高地仰着脖子,被张培荣的士兵一刀斩落头颅。

吴佩孚刚解决掉孙美瑶那个心头大患,老洋人这块硬骨头又卡在了喉咙。这会儿,老洋人正在攻打鄂西,打死了四千多人。老洋人又是何许人也?

原来,老洋人原名叫张庆,因为长得十分高大,加上他自称为"洋人的老子",别人就称他为老洋人。在直奉大战中,河南督军赵倜组建了一批宏威军,联合奉军攻打直军。战败之后,赵倜被解除河南督军一职,这批宏威军也被勒令解散。大部分的士兵都变成了土匪,由老洋人率领,在山东地区为非作歹。

老洋人打着打着弹药不足,听说豫东有子弹可以提供,便主张回豫东拿子弹。这时候,部下丁保成站出来反对,他表示士兵们已经筋疲力尽,没有力气再回河南了。老洋人听了非常生气,觉得丁保成在和自己唱反调,就要惩罚丁保成。幸好周围的人劝了下来,丁保成这才免遭皮肉之苦。

丁保成挨了骂,还得腆着脸皮道歉,心里自然是愤懑不平的。但是此时,也只能乖乖听老洋人的话,率领自己的部下赶回河南。

这时,河南沿路的百姓得知老洋人这个大土匪又回来了,吓得四处逃窜。老洋人的部队在空房子里搜不到东西吃,两万余士兵,饿死的不计其数。只有老洋人吃得饱穿得暖,引发了士兵们的嫉妒。

到了京汉铁路之后,老洋人得知有护路兵在看守,便吩咐部下进攻。部下不敢不从,可等他们来到铁路那里,驻守的士兵们却躲着不敢出面,放他们通行。而且,这些士兵担心老洋人也像孙美瑶

一样，劫持火车，便在老洋人军队到来之前，安排火车停在很远的地方，等老洋人通过了，才敢安排火车放行。

老洋人大摇大摆地通过火车站，便越发得意。在接下来的行程中，凡是看到民房，就先搜刮一空，再放火烧掉。可惜这些民房里基本上都没有什么粮食，士兵们也实在是疲惫不堪，不但没有火烧民宅，反而躺在别人的房子里睡着了。

老洋人非常生气，说如果不集合的话，先把几个首领枪毙了。士兵们这才磨磨蹭蹭地站起来，准备再次出发。

而这时，又发生了一件令老洋人暴怒的事情，原来，有一个小兵抓到了几只老鼠，悄悄地把它们烤熟了，还来不及吃，便收到老洋人的命令，匆忙集合赶路去了。烤老鼠的香味被一个小头目闻到了，当即问小兵要。小兵不肯给，两人就打了起来。这事被老洋人听到了，马上派人要把小头目的脑袋砍掉。

士兵们找到丁保成求情，希望他出面保住小头目一命。丁保成直截了当地说道，在老洋人心里，他们连只老鼠都不如。士兵们更加生气了，找到老洋人让他放了小头目。老洋人却发起怒来，威胁着要把他们全枪毙了。

没想到的是，有人在暗处开了枪，直接把老洋人送上了西天。这群士兵没了最大的首领，打算就地解散。丁保成是个极有远见的人，他急忙拦住这群士兵，劝说他们直接投降北军，否则被北军抓到就是死路一条。因此，相当一部分士兵跟着丁保成投降了。

吴佩孚听说这件事后，知道河南的乱匪也平定了，高兴地给丁保成的部队发了遣散费。

46. 吴佩孚安抚齐燮元

山东、河南的乱匪清除之后,吴佩孚心里的一块石头终于落地,开始一心一意地谋划江、浙、川、粤各省的发展。这时候,白坚武等人拿来一份江浙和平合约给吴佩孚过目。

这份合约吴佩孚早就看过,因此不理解白坚武等人的用意。白坚武马上又拿出一份浙皖和平公约,说这份是最新签订的,先前签订的江浙合约给吴佩孚用作参考。吴佩孚定睛一看,内容和先前那份差不多,都是承诺两省之间互不侵犯,互相保卫。

吴佩孚不由得感叹道,假如这两份合约都认真履行,那么浙江问题便不用操心。可最近浙江还有一件大事没有解决,那便是法国让汇理银行扣留盐余一事。法国好端端的,为什么会扣留盐余呢?

原来,这还得追溯到两年前。当时法国的法郎汇率下跌,便给驻北京的外交使馆发文,说要把庚子赔款改成赔偿美元。当时是颜惠庆对接这个事情,他没有多想更没有拒绝,直接转达给了财政部。

这可把外交部几位老牌外交官愁坏了,连顾维钧这样经验丰富的人,都不知道如何跟法国大使开口说反悔二字。没想到的是,法国大使因为觉得不用法郎而用美元太过丢脸,先主动反悔了。

这法国大使反悔的时候还不忘留一手,在文书上面写道:特将以美元代金法郎的建议撤去。法郎和金法郎,虽然只有一字之差,但是在国际上意义差别非常大。白坚武等人替吴佩孚算了一下,目前中国欠法国的庚子赔款,沿用银本位的法郎支付,需要付三万九千一百多万法郎,折合五千万银圆。如果换成金本位的金法郎支付,折合起来需要一亿五千万银圆。

法国大使要赖不说,还强迫中国承认,否则便暂停中法业务往来。其间,吴景濂还特意拿这件事来抨击高凌霨,说他办事不力,损害中国人的利益。吓得高凌霨不管三七二十一,直接让外交部驳回法国大使的文书。

话说吴佩孚心绪平定之后,拿出一封来自江苏督军齐燮元的电报,让白坚武等人评判。这电报上面写着:浙江督军联奉反直,吴佩孚如果要联合浙江,那么他齐燮元便要辞职。如果不联合浙江,那么他齐燮元便派兵攻打浙江。总之一句话,有卢永祥便没有齐燮元。

吴佩孚抱怨道,这齐燮元只想着扩张直系的势力,没想过国家现在不稳定,少一个结仇对象就少一个敌人。齐燮元不但没有理解自己,还觉得自己在维护卢永祥。

白坚武分析道,东南地区除了齐燮元之外,福建的孙馨远也是蠢蠢欲动,只等齐燮元这个出头鸟发号施令。

眼下齐燮元只有风声,暂未行动。吴佩孚只好先拍了封电报回应,再安排吴毓麟找齐燮元谈话。这吴毓麟也是个巧舌如簧的人,言语之间极力吹嘘吴佩孚的功劳,认为副总统一职非他莫属。吴佩孚听了这些话也很高兴,但他认为合适当副总统的当数卢永祥。

吴毓麟听了吴佩孚的话,来到齐燮元的面前,先是晓之以理、动之以情,说浙江有很多外商,万一爆发战争,外交上肯定为难,老帅的地位就会不稳,到时整个直系也会变得动荡不安。这番话说得齐燮元怒火消了大半。此刻吴毓麟又趁热打铁,悄悄地说吴佩孚

46. 吴佩孚安抚齐燮元

愿意推荐他齐燮元为副总统。

一来二去，齐燮元便安稳下来了。

江苏稳定之后，吴佩孚又把眼光投向四川。先前段祺瑞免了杨森四川督军一职，改任刘湘。杨森担心兵权被夺，和刘湘的军队打了几个月。战败后又逃到汉口，担任"十四省讨贼联军"川军第一路总指挥。

没过多久，杨森杀回四川，打得刘湘急忙求和，把部分兵权归还给杨森。而这时候，双方约定一起驱逐攻打四川的黔军。杨森却屡战屡败，甚至还请求吴佩孚援助军械。吴佩孚曾经在民国八年的时候，私底下采购过大批军火。此刻也不吝啬，分出三千支来复枪、百万发子弹、十门大炮给杨森的军队。

有了这批军火，再加上刘湘巧妙的战略，杨森的军队势如破竹，击退了熊克武率领的黔军。熊克武的军队一分为二，一部分在熊克武的率领下退回贵州，另一部分则跟着刘成勋归顺了刘湘。

吴佩孚收到杨森告捷的消息，高兴地写了一份任命名单送到内阁。在这名单里，吴佩孚推荐刘存厚做四川督理，邓锡侯做省长，刘湘做川藏边防督防，杨森做川东护军使。这道任命书是吴佩孚亲自拟定的，内阁自然直接通过。

没想到的是，杨森那边不答应了。他早就自封为省长，还把四川省的长官们都换了一轮。曹锟担心杨森看到吴佩孚发的任命书会有意见，竟然直接扣留了下来。

四川战乱期间，福建和江西也并不太平。

47. 王永泉错信孙传芳

在先前的直皖大战中,第二十四混成旅旅长王永泉联合臧(zāng)致平驱逐福建督军李厚基之后,暂时以福建帮办的名义代行督军权利。但是王永泉并非直系的嫡系,因此曹锟又命孙传芳发兵,名义上是去支援福建王永泉,实际上是要他夺取福建兵权。

孙传芳率兵进入福建,王永泉两兄弟并未抵抗。之后,中央任命孙传芳为福建军务督理,王永泉福建帮办一职不变。孙传芳到了福建之后,大力操练军队,不断地扩充兵力。

前不久,孙传芳突然把大批士兵集中在福建延平。这一举动使得周围的省份人心惶惶,尤其是江西督军蔡成勋,他以为孙传芳要攻打江西,连忙招兵买马,拉拢周边的势力支援。

而这时,孙传芳忽然来找王永泉。说起这两人,他们曾经都在日本士官学校就读,背地里还有一层同学关系,两人表面上和和睦睦的。孙传芳说自己要进攻浙江,把福建一切事务托给王永泉处理,还要求王永泉为他筹集一百多万的军饷。

王永泉即便是心中有所怀疑,但是此刻也只能一一应允。不过,孙传芳留下了李生春和卢香亭两旅部队,打消了王永泉的疑虑。王永泉的弟弟王永彝(yí)却纳闷了,他不相信孙传芳会轻易放弃福建。

王永泉却是十分自信的样子,他认为孙传芳在福建没有军权,

在外又被吴佩孚等人使来唤去，心中已经产生占领其他省份的想法。因此，王永泉放心地支援孙传芳军饷和军队。

次日，王永泉凑齐四十万军饷交给孙传芳。没过几天，王永泉又当面给孙传芳出谋划策，分析浙江的军情。没想到孙传芳却不以为然，说浙江难打的话，攻打江西也是可以的。王永泉连忙说，蔡成勋虽然指挥能力一般，但是军队人数众多，孙传芳部队以少敌多恐怕打不过。

这下正中孙传芳的下怀，他顺着王永泉的话笑嘻嘻地说道，要不兄弟你把骁勇善战的李团借给我攻打江西。话已至此，王永泉只好答应了。

王永彝十分不理解兄长的做法，觉得这是在养虎为患。王永泉一副胸有成竹的样子，解释自己派李团去协助孙传芳，实际上也是派了个眼线监督他。

47. 王永泉错信孙传芳

没过多久,孙传芳又请求派出李生春和卢香亭支援,理由是浙江和江西在边界增加了不少的兵力。王永泉不疑有他,直接答应了。虽然如此,王永泉还是让泉州的旅长杨化昭率兵守卫福州。

第二天,孙传芳手下的士官周荫人忽然发了份电报,怒斥王永泉的罪行,还让他三个小时之内马上离开福州。王永泉心中警铃大响,他马上调遣附近的军队赶到福州支援。可惜大部分的军队都被孙传芳借去了,能到的人寥寥无几。

这时候,李春生和卢香亭忽然带着士兵来攻打兵工厂,王军被打得丢盔卸甲。王永泉、王永彝狼狈不堪地逃跑,路上突然出现的一支军队把他们吓了一大跳。没想到是旅长杨化昭率军赶来救援了。

王永泉等人躲在泉州,商量着笼络镇守在厦门的臧致平。臧致平此人投靠了卢永祥,自认闽军总司令,曾极力反对孙传芳援闽。后面王永泉倒戈,联合孙传芳围困臧致平。现在王永泉泥菩萨过江,把围困臧致平的士兵撤回泉州,还请求与臧致平的合作。臧致平也是个识大体、顾全局的人,答应同王永泉联合驱孙。

但是王永泉已经是穷途末路,面对周荫人来势汹汹的部队,他无计可施。无奈之下,王永泉找来杨化昭,把军队交给他代为统领,等臧致平到了泉州再统一改编。交代完这一切,王永泉、王永彝两兄弟便躲到上海去了。

臧致平命令杨化昭退守同安,跟自己合力攻打周荫人的军队。双方由于实力相当,打得难分胜负。这时候,周荫人联络海军和漳州的民军,一起攻打臧致平的老窝厦门。厦门兵力稀少,很快便被民军攻了下来。

臧致平和杨化昭无可奈何,只得乘势攻下漳州,留作退路。驻守在潮州、惠州的洪兆麟又受了周荫人的挑拨,率兵北上攻打臧军。臧致平被敌军南北夹击,连忙放弃漳州,率领五六千残兵朝着浙江

出发,准备投靠卢永祥。

臧军路过江西的时候,江西督军蔡成勋知道臧致平等人来了,想要化敌为友收编他们的部队。没想到臧致平十分硬气,他看不起蔡成勋的唯唯诺诺,一口回绝了。

隔天,蔡成勋命令运送军械的部队改道攻打臧致平,没想到被英勇善战的杨化昭一网打尽,还把他们的军械据为己有。蔡成勋震怒之下,又派出大批人马追击臧致平等人。臧致平兵分三路,在极佳的配合下把蔡军打得溃不成军。

之后,臧军进入浙江,被卢永祥收编。臧军被任命为浙江边防军,臧致平为总司令,杨化昭为旅长。

浙江的势力逐渐大了起来,齐燮元便不乐意了。

48. 卢永祥下台

齐燮元曾经发电报给吴佩孚，不仅主张攻打浙江，还强烈表示有卢永祥便没有他齐燮元。吴佩孚担心生出事端，安排吴毓麟安抚齐燮元。齐燮元稍微平静了一段时间，后来看到臧致平和杨化昭都归顺了卢永祥，一下子便眼红了，满怀怨气地向吴佩孚告状。

吴佩孚眼看着一碗水端不平，便致电卢永祥让他遣散臧军，同时让周边省份时刻关注浙江的风吹草动。不但是外部施压，浙江的百姓也很排斥臧军，纷纷致电卢永祥表示抗议。

卢永祥不置可否，直接叫来省议长沈钧业谈话。在交谈中，卢永祥透露出自己的难处。原来，直系罔顾民意大肆贿选一事，令卢永祥对他们深感失望。他认为直系始终坚持武力统一，浙江势必会遭到进攻。反正都会被直系军阀攻打，不如直接宣布反对直系。

沈钧业听了卢永祥的话，知道卢永祥不好直接宣战，便代他向浙江人民解释。

这时候，齐燮元早已按捺不住野心，派遣第六师全师朝着浙江进发。安徽因为同属直系，跟着派兵援助。江西因为被臧军夺去军械，也派人来到浙江边界伺机而动。孙传芳不满足于福建的地盘，把福建督理一职让给周荫人后，便率领六个旅靠近浙江。

卢永祥这边也做起了迎战的准备,首先在浙江的北部,卢永祥先是把夏兆麟的精锐部队调往嘉兴对抗江苏,又安排臧军镇守黄渡地区,自己的第十师和何丰林手下的两个旅则镇守沪宁路,再从陈乐山手上分出一批军队从长兴发起进攻,并在天目山安排人防守安徽军。

其次是浙江的南部,有浙江本土军第一师潘国纲手下的一旅郝国玺防守,另外张载阳等人也采用防守的策略。第四师和第十师两师合并为第一军,由潘国纲担任总司令。何丰林的两个混成旅和臧军部队合并为第二军,由何丰林担任总司令。浙江本土军第一、第二两师合并为第三军,省长张载阳担任总司令,潘国纲兼任副司令。

先前,仙霞岭一带为臧军镇守,臧军被调走后,卢永祥安排浙江第一、第二两师各一旅军队镇守。这时候,军务厅长范毓灵却忽然来报,警务处长夏超被孙传芳以二十万现金收买了,他与镇守仙霞岭的张国威勾结,两人暗中商量着叛变一事。

卢永祥听到这样骇人听闻的消息沉默了很久。其间,潘国纲和陈乐山来讨要军饷,两人提到仙霞岭无人镇守的事情。潘国纲也觉得惊讶,以为出了什么问题,连忙致电手下的伍文渊,催促他前进。

伍文渊刚到仙霞岭,发现孙传芳的军队早就过来了,还挖起了战壕。两军交战,伍文渊不敌孙军,连忙请求潘国纲支援。但是浙军内部不统一,都不愿听其他团的命令,接连吃了败仗。

而这时,张国威亲身上阵,发射了几枚大炮,竟然都落在了浙军的内部。浙军知道有人叛变了,吓得一哄而散。仙霞岭的战况告急,连带着其他地区的浙军也军心不稳,一时间所有的浙军

48. 卢永祥下台

結去思辭職安民

都跟着叛变了。

卢永祥收到消息之后，感叹大势已去。他原本打算讨直之后，把浙江交还给浙江人治理，没想到出了夏超这么一个大叛徒，导致满盘皆输。身边的长官纷纷表示要讨伐浙江本土军，却遭到了卢永祥的强烈反对。

原来，卢永祥曾经表示绝对不会在浙江境内开战，以免殃及百姓。眼下浙军叛变，卢永祥知道都是受了夏超的指使。夏超一直以来都想执掌浙江，为了避免大动干戈，卢永祥只好顺了他的意。

等到卢永祥离开浙江前往上海之后，夏超的狐狸尾巴终于露了出来，他马上致电孙传芳，邀请他来浙江。而浙江的官绅也很懂得见风使舵，抢着发电报欢迎孙传芳。孙传芳立即下令，让自己的部下孟昭月停止攻击，即刻进省。

孟昭月收到孙传芳的命令,传话给士兵,让他们不要迫害沿途百姓。可惜这支军队明面上没有大面积地烧杀抢掠,背地里仍旧改不了坏毛病,沿途打家劫舍,甚至残害了数十名妇女。

孙传芳吹嘘自己的军队纪律严明,不少官绅为了巴结他,也纷纷附和。但是浙江的百姓却对孙传芳及其军队深恶痛绝。杭州的一些报纸,还刊登了赞美卢永祥、抨击直系军阀的文章。有一家报纸因为刊登了一篇欢迎孙传芳的美文,被杭州人民劈头盖脸一顿痛骂,遭到百姓的一致抵制。

49. 孙中山宣布北伐

卢永祥被四省围攻,眼看着吴佩孚又要添一块宝地。孙中山也没有坐以待毙,命令沈鸿英率兵攻打广西。吴佩孚没有想到沈鸿英会几度倒戈,战况一时间便僵持着。

广东因为资金紧缺,财政厅厅长陈其瑗打算采用铺底捐的方式,要求马路两边的店铺依据铺底价交20%的费用,来作为路边营业成本。除了铺底捐,还收取特殊药物捐、珠宝玉石捐等费用。

这个举措一经推出,立马遭到商界的反对。商界人士聚集起来示威游行,抗议了好几天。先是前任广东省长徐绍桢出面调停,后来时任广东省长杨庶堪迫于各方压力,永久取消了这个议案。这场风波平息后,各大团体的代表成立了联防总办事处,以备不时之需。

这时,中央委员石青阳带来了一个消息。

石青阳此人之前主理川、滇、黔三省军政事务,在熊克武不敌杨森、刘湘联手后,他也离开了四川。前不久,石青阳找到唐继尧,讨论四川战败一事。在石青阳一番分析下,唐继尧意识到四川战败,云南也唇亡齿寒,便决定与熊克武、贵州刘显世组成联军,进行反攻。

石青阳帮唐继尧找到刘显世,讨论合作事宜。刘显世也是孤军难战,非常乐意联手。等石青阳最后找到熊克武的时候,熊克武高兴地组建了一个三省联军总司令部。这会儿,石青阳又带着这个消

息来到广东。

孙中山看到唐继尧等人的表率非常高兴,当即推荐唐继尧为副元帅。随后,孙中山发表宣言,正式宣布北伐。宣言的大概内容是:孙中山之所以坚持北伐,不是因为自己要和军阀争权,而是要为四万万中国人夺权。通过革命,建立一个民有、民治、民享的新中国,让中国摆脱帝国主义的剥削和压迫,从此屹立于世界民族之林。

那头的孙中山为民革命誓师北伐,这头的吴佩孚也没闲着,天天操练士兵,就等着哪天大战,重挫奉军和革命军。但是士兵的吃喝拉撒总归是要花钱的,吴佩孚便时常发急电催促财政总长王克敏拨款。

王克敏不是不肯拨款,而是实在搜刮不到民脂民膏了。眼下,国务总理孙宝琦又借着金法郎案来攻击他。他又要应付法国大使,又要面对国内舆论压力,可谓是陷入泥潭。王克敏找来程克、顾维

孙中山宣言北伐

49. 孙中山宣布北伐

钧等人商议此事。

这时，程克便提出来一个点子：捐官。程克看到义赈奖励章程的第二条，上面写着"凡是捐助义赈款银一万元以上的人，应当上报给内务部请求给予优加奖励"。程克认为，这条能作为普通人当官的附加条件。

程克的建议一经提出，在场的人都连声赞同。更是有人直言，只要能拿到钱，被人骂又有什么所谓呢？

钱的问题解决后，王克敏不免又忧愁起关税的问题。先前，法国逼迫他们承认金法郎案，否则就拒绝出席特别关税会议。顾维钧东奔西走，找各国大使商议，结果碰了一鼻子灰。这时，他建议可以先开个预备会议。

预备会议需要准备邀请函，顾维钧便现场写了一封。但邀请函发给各国大使，得到的回复都是拒绝参与会议。这事就只能暂且搁置，成为中国对外关税的一个心头大患。

捐官的提案也不顺利，几经波折才重现于世。捐官的内容也修改了，由正式官员改为简任、荐任官员。捐官法一经实行，商人富豪们纷纷豪掷千金，买个官名回家供着。这件事本来是半公开进行的，孙宝琦故意放出消息，使得人民都憎恨起程克、王克敏二人。

孙宝琦为何会横插一脚？原来，之前王克敏是保派的，极力推荐高凌霨当总理。孙宝琦当了总理之后，不用王克敏，而是推荐自己的势力当财务总长。可北京政府的王毓芝等人力保王克敏，这才保住了王克敏的财政总长一职。由此，两人便交恶了。

这时，浙江卢永祥被四省围攻，孙宝琦收到浙江同乡发的电报，打算出面调停，但是他的一个幕僚却极力劝阻。幕僚透露出一个消息：孙传芳虽然出重金收买夏超，但是真正令夏超叛变的，却另有其人。

原来，先前王克敏找到自己的亲妹妹，让妹妹私底下笼络夏超。这事有王克敏的亲笔信为证，侧面也说明此事经过吴佩孚默认。孙宝琦坚持要发电报给吴佩孚申请调停，结果一周后收到吴佩孚暗示开战的回信。

吴佩孚回信的次日，浙江各地区已经响起猛烈的炮火声。奉天的张作霖响应卢永祥的号召，开始率兵入关。广东的孙中山联络好西南各省，不久后便誓师北伐。浙江战争如同一根导火索，点燃了中国南北的联合北伐之路。

自此之后，民国战事不休，四万万中国人在炮火余烬中燃起救国觉悟。孙中山等革命先驱退出历史舞台后，但其革命精神在历史洪流中历久弥新，养育出数以万计舍生取义的伟人烈士。